दयारे-हयात में

[ग़ज़ल-संग्रह]

दयारे-हयात में

कुमार नयन

राधाकृष्ण

ISBN : 978-81-8361-826-7

दयारे-हयात में

© कुमार नयन

पहला संस्करण : 2016

मूल्य : ₹ 300

प्रकाशक

राधाकृष्ण प्रकाशन प्राइवेट लिमिटेड

7/31, अंसारी मार्ग, दरियागंज, नई दिल्ली-110 002

शाखाएँ : अशोक राजपथ, साइंस कॉलेज के सामने, पटना-800 006

पहली मंज़िल, दरबारी बिल्डिंग, महात्मा गांधी मार्ग, इलाहाबाद-211 001

36 ए, शेक्सपियर सरणी, कोलकाता-700 017

वेबसाइट : www.radhakrishnaprakashan.com

ई-मेल : info@radhakrishnaprakashan.com

मुद्रक : बी.के. ऑफसेट

नवीन शाहदरा, दिल्ली-110 032

DAYARE-HAYAAT MEIN

by Kumar Nayan

इन्तिसाब

उन तमाम लोगों के नाम जो
अपने साथ-साथ दुनिया को भी
बह्तर बनाने की मुहिम में शामिल हैं।

कुमार नयन : एक जादूनिगार शायर

कुमार नयन ग़ज़ल की दुनिया का एक बड़ा नाम है। मुझे उनके ग़ज़ल संग्रह 'दयारे-हयात में' का मसविदा पढ़ने का मौक़ा मिला तो अन्दाज़ा हुआ कि वो एक जादूनिगार शायर हैं। यह देखकर ख़ुशी हुई कि उन्होंने अपनी हर ग़ज़ल में अदबी शान बरक़रार रक्खी है। उनकी हर ग़ज़ल में कम-अज़-कम दो-तीन अश्आर आबदार मोतियों की तरह चमकते-दमकते हुए मिल जायेंगे। जिस ग़ज़ल में दो-तीन अच्छे शे'र हों, मैं उसे कामयाब ग़ज़ल मानता हूँ। इस लिहाज़ से देखा जाये तो 'दयारे-हयात में' ग़ज़लियात का एक कामयाब संग्रह है, जो यक़ीनन वक़्त की रेत पर अपने क़दमों के निशानात छोड़ जायेगा।

कुमार नयन अदबी सफ़र के मुसाफ़िरों में एक ख़ास मक़ाम रखते हैं। वे इस सफ़र के एक ऐसे पुरजोश राही हैं, जिन्हें मंज़िलें सलाम करती हैं और रास्ते जिनकी ख़िदमत में आदाब गुज़ारते हैं। वे ज़बान, बयान और शायराना ख़ुश-सलीक़गी पर बेपनाह क़ुदरती और उस्तादाना गिरफ़्त रखते हैं। उन्होंने शायरी को एक मिशन, एक इबादत, एक परस्तिश या तपस्या के रूप में अपनाया है। वह शुहरत और नामवरी की आरजू किए बग़ैर अपना अदबी सफ़र जारी रक्खे हुए हैं और अदब के ख़ज़ाने को आबदार मोतियों से भर रहे हैं। कलाम में तासीर का पाया जाना उनके जज़्बाए-सादिक़ की दलील है। उन्होंने एक सच्चे और खरे फ़नकार की तरह अदब से अपना रिश्ता ईमानदाराना रक्खा है। वह क़ारईन (पाठकों) को अपने जज़्बात, एहसासात, तजरबात और ख़यालात में शामिल कर लेने के फ़न से ख़ूब वाक़िफ़ हैं। उनकी पुरज़ोर और सरमदी आवाज़ और कलाम का बाँकपन दिलों को छू लेते हैं। वे हर मक़ाम से शहसवाराना और फ़ातिहाना अन्दाज़ में गुज़रे हैं। उनके प्रदेश बिहार की सर-ज़मीन बजा तौर पर अपने शायर पर फ़ख़्र कर सकती है। ज़िन्दा शायरी के तमाम आसार उनके कलाम में मौजूद हैं। दरअस्ल उनके

सीने में एक सच्चे शायर का दिल धड़कता है। अक्सर अपने अश्आर में उन्होंने ज़िन्दगी का कोई-न-कोई फ़लसफ़ा पेश करने की कोशिश की है।

कुमार नयन ने हर उस मौज़ूँ पर क़लम उठाया है जो शायरों और क़ारईन को हमेशा से पसन्दीदा रहा है। उसमें महब्बत का सदाबहार विषय भी शामिल है। ज़रा मुलाहिज़ा फ़रमायें—

महब्बत के फ़साने में फ़क़त मिलना नहीं होता
दिलों के खेल में अक्सर जुदाई झूम जाती है

इक इशारा तुम्हारा काफ़ी था
मैं हदों से गुज़र गया होता

दयारे-इश्क़ में क्या है कि यारो
नहीं लौटा अभी तक जो गया है

न तुमने हमसे कुछ कहा न हमने तुमसे कुछ कहा
मगर तमाम शहर में तुम्हें हमें सुना गया

अभी तो सिर्फ़ तुम हो और मैं हूँ
ज़माना बीच में आये तो क्या हो

उनके कलाम में कुछ ऐसे शे'र भी हैं, जो हर दिल अज़ीज़ हो जाने की सलाहियत रखते हैं। अच्छे शे'रों की यही पहचान है कि वो एक बार पढ़ने मात्र से ही याद हो जाते हैं। यह शे'र देखिए—

तारों भरी है रात ग़ज़ल कह रहा हूँ मैं
रौशन है कायनात ग़ज़ल कह रहा हूँ मैं

नयी और पुरानी नस्ल के ज़िह्नी और जज़्बाती टकराव के इस दौर में कुमार नयन का यह शे'र कितना ज़रूरी और अलग मिज़ाज का है—

घड़ा मिट्टी का पत्तों की चटाई
बुज़ुर्गों की निशानी है अभी तक

उनके कलाम में कुछ ऐसे शे'र भी हैं जो हमारे अह्द के बह्तरीन अश्आर के मुक़ाबिले में आसानी से रक्खे जा सकते हैं—

हमला-आवर अस्लहों से लैस थे
मेरे हाथों में मिरा दीवान था

ख़ुद को खो दें और फिर ढूँढ़ा करें
खेल ऐसा भी कभी खेला करें

मक़सदे-ज़िन्दगी को न भूलो कभी
बेसहारों का सच्चा सहारा बनो

हरेक चोट ने दुआ दी है
हमें पता नहीं सितम क्या है

कोई पत्थर जब किसी अच्छे बुत-तराश के हाथ लग जाता है तो उसका मुक़द्दर सँवर जाता है, मगर हथौड़ों और छेनियों द्वारा तराशे जाने के मुश्किल अमल से उसे गुज़रना पड़ता है। इसी ख़याल को कुमार नयन ने बड़ी सहजता से अपने एक शे'र में गुज़ारा है—

मुझपे चलती हैं हथौड़ी छेनियाँ
मुझमें कोई अक्स ढाला जायेगा

माँ के पवित्र रिश्ते पर उनके शे'र देखिए—

चूल्हे पे तन्हा बैठी धुआँती हुई सी माँ
रोटी के साथ ख़ुद को पकाती हुई सी माँ

खीजी हुई हमारी शरारत पे दौड़कर
हौले से एक धौल जमाती हुई सी माँ

शराब और साक़ी ग़ज़ल के अहम मौज़ूँ हैं। कुमार नयन के शे'र देखिए—

मैं वही हूँ ये शामे-ग़म भी वही
बस वो साक़ी नहीं शराब नहीं

आँसू ख़रीदकर मुस्कराहटें बाँटने का जज़्बा देखिए—

हज़ार बार ज़माना हमें रुलायेगा
हज़ार बार ज़माने को हम हँसायेंगे

कुमार नयन अवाम के मसाइल से वाबस्ता हैं, ख़ासकर किसानों के हाले-ख़राब पर सोचते हैं—

पूछने लगे हैं अब गाँव रहनुमाओं से
क्यों न कुछ पहुँच पाता मुल्क के किसानों तक

अन्त में उनके कुछ ऐसे शे'र जिनमें शायर की फ़ितरत और उसकी रूह को मुख़्तलिफ़ रंगों में देखा जा सकता है, पेश करके इस दास्ताने दिल-पज़ीर को यही ख़त्म करना चाहूँगा।

रह जाये न मंज़िल मिरे पैरों को तरसती
तक़दीर में शायद मिरी ता-उम्र सफ़र है

यूँ ग़ज़ल के शे'र को समझा करें
चुप रहें और देर तक रोया करें

हम इक दूसरे को ही जब ढूँढ़ते हैं
यक़ीनन हमारी मुलाक़ात होगी

मत सोच कोई दूसरा तुझसे बड़ा नहीं
ये और बात है तुझे उसका पता नहीं

चलो अब अपने-अपने घर जला दें
इसी से रौशनी करनी पड़ेगी

ख़ुदा करे कुमार नयन का फ़ानूसे-सुख़न हमेशा जगमगाता रहे, रौशनी बिखेरता रहे। 'दयारे-हयात में' उनका शनाख़्तनामा साबित हो और दूर-दूर तक उनकी ग़ज़लों की ख़ुशबू फैले! आमीन!

13.02.2015

—राजेन्द्र नाथ 'रहबर'
शिरोमणि उर्दू साहित्यकार, पंजाब सरकार सदस्य
गवर्निंग कौंसिल, पंजाब उर्दू अकादमी
मो. 01862227522

तरतीब

मैं कहना चाहता हूँ कुछ तो दिल कुछ और कहता है
कि मुझमें मैं नहीं इक शख़्स कोई और रहता है

ये सच है मेरे अन्दर सख़्त कोई चीज़ है लेकिन
इसी पत्थर के नीचे से मिरा दरिया भी बहता है

1

तारों भरी है रात ग़ज़ल कह रहा हूँ मैं
रौशन है कायनात ग़ज़ल कह रहा हूँ मैं

अह्ले--जहाँ सुनो कि तुम्हें आज दर्द से
मिल जायेगी निजात ग़ज़ल कह रहा हूँ मैं

कुछ देर भूल जाओ न हर बात अक़्ल की
होगी दिलों की बात ग़ज़ल कह रहा हूँ मैं

आये हैं मुद्दतों पे तो आँखों में अश्क आज
धुलने दो ये हयात ग़ज़ल कह रहा हूँ मैं

बिछ जायेगी दिलों में तुम्हारे ख़ुदा क़सम
एहसास की बिसात ग़ज़ल कह रहा हूँ मैं

मुमकिन नहीं कि ख़ूने-जिगर हो न पाये आज
होगी ये वारदात ग़ज़ल कह रहा हूँ मैं

तुम ज़िन्दगी की जंग में जीतोगे तो मगर
होगा म कोई मात ग़ज़ल कह रहा हूँ मैं

2

ज़मीं के ज़ख़्म का मरहम नहीं क्या
फ़लक की आँख होगी नम नहीं क्या

हर इक शै आग बनकर जल रही है
कहीं इक क़तरा-ए-शबनम नहीं क्या

पियेगी और क्या-क्या ये सियासत
लहू बच्चों का कोई कम नहीं क्या

बहुत से लोग मुझसे पूछते हैं
वतन में अपने ही अब हम नहीं क्या

ख़ुशी से आज भी क्यों जी रहा हूँ
मुझे ग़म होने का कुछ ग़म नहीं क्या

लहू क्यों खौलता रहता है हरदम
सुकूँ का अब कोई मौसम नहीं क्या

कभी तन्हा नहीं मुझको समझना
मिरी ग़ज़लें मिरी हमदम नहीं क्या

क़लम लेकर उतर जाऊँ सड़क पर
अभी भी माँ क़सम वो दम नहीं क्या

3

रगों में चीख़ते ना'रे लहू-सा चलते हैं
मिरे जिगर में हज़ारों जुलूस पलते हैं

सदी की आग का अन्दाज़ा क्या लगाओगे
फ़क़त ये जिस्म नहीं साये भी पिघलते हैं

बहार भी न गुलों को खिला सके शायद
यहाँ दरख़्त फ़ज़ा में धुआँ उगलते हैं

उठा है दर्द तो होने दो ज़िन्दगी रौशन
चराग़े-ज़ख़्म कहाँ रोज़-रोज़ जलते हैं

कोई नहीं है नया कुछ भी सोचने वाला
यहाँ ढले हुए साँचे में लोग ढलते हैं

पता न था कि ज़माने का रंग यूँ होगा
हमारे ख़ून के रिश्ते भी अब बदलते हैं

सितमगरों की सियासत ठठा के हँसती है
घरों से ख़ौफ़ज़दा लोग जब निकलते हैं

4

मिरा दिल मुझसे धोखा कर गया तो
कहीं ये मुझसे पहले मर गया तो

मैं अपना क़त्ल तो कर लेता लेकिन
कहीं इल्ज़ाम तेरे सर गया तो

मिरी नाकामियो तुम ये भी सोचो
मैं हर उम्मीद से ही डर गया तो

चले जायेंगे लाखों लोग नीचे
अगर तू और कुछ ऊपर गया तो

मिरा दुश्मन लगा मुझसे भी बहतर
मैं उसके दिल के जब अन्दर गया तो

मिरे बच्चों से होंगी मेरी बातें
किसी दिन वक़्त पर मैं घर गया तो

मैं ख़ाली ट्यूब हूँ पहिये का लेकिन
हवा बनकर तू मुझमें भर गया तो

5

ज़िन्दगी का हिसाब रखता हूँ
अपने हक़ में अज़ाब रखता हूँ

मेरी आँखों को तो पढ़े कोई
मैं भी दिल में किताब रखता हूँ

सोचकर चुप हूँ कुछ सवालों पर
वर्ना मैं भी जवाब रखता हूँ

नींद आती नहीं है पहले सी
जब से आँखों में ख़्वाब रखता हूँ

मुझसे बहतर लगो इसी ख़ातिर
ख़ुद को करके ख़राब रखता हूँ

मुझसे मत पूछिये कि क्यों कब से
मैं ये सूखा गुलाब रखता हूँ

आग नफ़रत की जल न पायेगी
प्यार का दिल में आब रखता हूँ

6

मिरा क़िस्सा कोई दुहरा रहा है
कि अपना दुख ग़ज़ल में गा रहा है

बड़ा नादान है दिल आपका भी
जो मुझको छोड़कर पछता रहा है

कोई साया न है आवाज़ ही कुछ
मगर नज़दीक कोई आ रहा है

सिले होंठों का कैसा बोल है ये
जो मेरे दर्द को सहला रहा है

किसे तू ढूँढ़ता फिरता है आख़िर
कि ख़ुद को रोज़ खोता जा रहा है

नहीं टिकता कहीं कुछ देर भी क्यों
मिरा हर जगह दिल उकता रहा है

गुज़रना मज़हबों के शहर से है
मुसाफ़िर मन बहुत घबरा रहा है

7

ख़ून से तर शरीर ज़िन्दा है
मेरा ज़ख़्मी ज़मीर ज़िन्दा है

वहाँ पाखंड चल नहीं सकता
जहाँ कोई कबीर ज़िन्दा है

है हुकूमत तो मुफ़लिसों की मगर
मुल्क का हर अमीर ज़िन्दा है

इक पियादा हो जब तलक ज़िन्दा
तो समझना वज़ीर ज़िन्दा है

कोई इससे बड़ी तो खींचे अब
मेरी छोटी लकीर ज़िन्दा है

तेरी दुनिया में मर गयी होगी
मेरी दुनिया में हीर ज़िन्दा है

पूछियो मत फ़िराक़ ग़ालिब को
मेरी ग़ज़लों में मीर ज़िन्दा है

8

चला गया बहुत तो ग़म क्या है
अभी भी पास मेरे कम क्या है

बला-ए-भूख तोड़ दे सबकुछ
उसूल क्या है ये क़सम क्या है

मिरे ख़ुदा अगर तू सबमें है
तो फिर ये दौर क्या हरम क्या है

हमारे तुम हो हम तुम्हारे हैं
अगर ये सच है तो भरम क्या है

तमाम उम्र रहगुज़र पे कटी
मैं मर गया तो चश्मे-नम क्या है

हरेक चोट ने दुआ दी है
हमें पता नहीं सितम क्या है

तमाम ज़िन्दगी की शै हैं मगर
नहीं है तू तो ऐ सनम क्या है

9

वो हुआ जिसका नहीं इम्कान था
मेरा क़ातिल ही मिरा मिहमान था

सिर्फ़ हिन्दू और मुस्लिम थे वहाँ
कैसे बचता वो जो इक इन्सान था

क़त्ल जिस काफ़िर का तूने कर दिया
क्या पता तुझको तिरा रहमान था

सिम्त को पहचानना दुश्वार था
रास्ते पर चलना तो आसान था

क्या मैं कहता हा-हा हू-हू था जहाँ
ग़म मिरे अफ़साने का उनवान था

हमला-आवर अस्लहों से लैस थे
मेरे हाथों में मिरा दीवान था

प्यार की बस्ती अजब इक थी जहाँ
मज़हबों से हर कोई अनजान था

10

मुख़्तलिफ़ लोगों से मिलना उम्र भर अच्छा लगा
मुझको सचमुच मेरा होना दर-ब-दर अच्छा लगा

दूर तक मंज़िल न कोई मरहला इस राह में
मील का पत्थर नहीं फिर भी सफ़र अच्छा लगा

रूह पर तो रंग कोई दूसरा चढ़ता नहीं
जब कभी मेरा हुआ ख़ूने-जिगर अच्छा लगा

आपने भी फाड़ डाली अपनी सारी अर्ज़ियाँ
आप भी ख़ुद्दार हैं यह जानकर अच्छा लगा

की मिरी ता'रीफ़ जब तो खोलते मेरी किताब
क्यों नहीं मुझको पढ़ा मैं था अगर अच्छा लगा

आपको कहना मुझे सुनना था आगे भी मगर
ग़म के अफ़साने का होना मुख़्तसर अच्छा लगा

है वो ही दीवारो-दर आँगन वो ही बिस्तर वो ही
शख़्स इक आया तो मुद्दत बाद घर अच्छा लगा

दिल की गहराई से जब सोचा तो मुझको माँ क़सम
मेरे दुश्मन का मिरे दिल पर असर अच्छा लगा

11

खिलौनों की ख़ातिर मचलते नहीं हैं
ये बच्चे हैं फिर क्यों उछलते नहीं हैं

मैं निकला हूँ इसका सबब ढूँढ़ने को
कि क्यों आजकल दिल पिघलते नहीं हैं

चलो कुछ सवालों को लोगों से पूछें
किताबों से हल अब निकलते नहीं हैं

बदल जायेंगे बाप-बेटा-बिरादर
विचारों के रिश्ते बदलते नहीं हैं

पढ़ो पढ़ सको तो इन आँखों को मेरी
अब एहसास लफ़्ज़ों में ढलते नहीं हैं

मुक़द्दर नहीं ये कहो ज़िद हमारी
कि हम ठोकरों से सँभलते नहीं हैं

वो मारे थकन के हैं बिस्तर में धँसते
सफ़र में जो पैरों से चलते नहीं हैं

12

दर्द सहकर मुस्कराने के ज़माने आ गये
दिल को अपने आज़माने के ज़माने आ गये

फिर बँधेंगे आशिक़ों के सर पे साफ़े सुर्ख़गूँ
इश्क़ में फिर जाँ लुटाने के ज़माने आ गये

टूटने वाली हैं दरवाज़े की सारी बन्दिशें
उनको अपने घर बुलाने के ज़माने आ गये

घर से लेकर मंडियों तक है ख़रीदारों की भीड़
ख़ुद को बिकने से बचाने के ज़माने आ गये

अब न गीली मिट्टियों से तू कोई फ़रियाद कर
पत्थरों पर गुल खिलाने के ज़माने आ गये

क्या करेंगे क्या नहीं ये पंछियों के क़ाफ़िले
आसमाँ के थरथराने के ज़माने आ गये

मुँह न खोलो साथियो ख़ामोश रहकर सब कहो
आग आँखों से लगाने के ज़माने आ गये

13

हमारा दम निकल जाये तो अच्छा
महब्बत आज फल जाये तो अच्छा

ज़रूरी है तुम्हारे सच का बचना
हमारा ख़्वाब जल जाये तो अच्छा

बहुत मुश्किल है अब मेरा बदलना
ज़माना ही बदल जाये तो अच्छा

यक़ीनन ख़ून कर डालूँगा अपना
जुनूने-दिल बहल जाये तो अच्छा

बहुत संगीन होगी सुब्ह लेकिन
ये नागिन रात ढल जाये तो अच्छा

दिलों को जो बना देता है पत्थर
वो जादू मुझ पे चल जाये तो अच्छा

अभी कुछ दिन बचे है ज़िन्दगी के
मिरा दिल तू सँभल जाये तो अच्छा

14

तू कैसे क्यों हारा सोच
तब फिर जीत का ना'रा सोच

मत दे औरों पर इल्ज़ाम
तू कितना नाकारा सोच

ग़फ़लत करने वाला कौन
सोच ज़रा दोबारा सोच

कुछ भी करने से पहले
क्या था सोच हमारा सोच

बस इतना है मेरे पास
मीठी बोली खारा सोच

सौ ख़ुशियाँ दे देता है
इक पागल आवारा सोच

काश कि दोनों मिल जाते
मेरा सोच तुम्हारा सोच

15

बददुआओं में भरकर दुआयें न दे
प्यार को ओढ़ने की क़बायें न दे

दर्द मेरे हैं रहने दे मुझ तक इन्हें
अह्‌ले दिल को बताकर सज़ायें न दे

जल रहा है मिरा दिल तो तू मत बुझा
बस करम इतना कर कि हवायें न दे

लौट आयें न हम बीच ही राह से
इतनी ख़ामोशियों से सदायें न दे

मर न जाऊँ ख़ुशी से ही तेरी क़सम
मेरे महबूब इतनी वफ़ायें न दे

बेक़रारी न दीदारे-आशिक़ की हो
दिलबरों को ख़ुदा ये ख़तायें न दे

कोई क़िस्सा सुना या ग़ज़ल गुनगुना
नींद आने की हमको दवायें न दे

16

अपनी-अपनी ज़िद के चलते मरहला बाक़ी रहा
मेरे हाँ से तेरे ना का फ़ासला बाक़ी रहा

ख़त्म उनसे था तअल्लुक़ फिर हुआ क्यों दिल तबाह
उम्र भर यादों का शायद सिलसिला बाक़ी रहा

ज़िन्दगी तो ख़ूबसूरत आसरे में कट गयी
क्या बुरा है गर महब्बत का सिला बाक़ी रहा

हमको अपनी ओर से कोई शिकायत कब रही
ज़िन्दगी का हमसे लेकिन कुछ गिला बाक़ी रहा

चाहते थे उड़ के जाना जो हदे-परवाज़ तक
उनके अन्दर दूर तक लेकिन ख़ला बाक़ी रहा

जंग कैसी जंग है ये ख़त्म क्यों होती नहीं
बाद हर इक कर्बला के कर्बला बाक़ी रहा

ज़िन्दगी के मोरचे पर जूझता जो रह गया
उसके हक़ में अब तलक क्यों फ़ैसला बाक़ी रहा

17

खौलते पानी में डाला जायेगा
यूँ हमें धोया-खँगाला जायेगा

लूटने में लड़ पड़ें आपस में हम
इस तरह सिक्का उछाला जायेगा

फिर मिरी मजबूरियों का देखना
दूसरा मतलब निकाला जायेगा

एक बस मज़हब के नाम पर भला
तख़्त को कितना सँभाला जायेगा

कुछ अँधेरा हम भी लेकर घर चलें
तब कहीं घर-घर उजाला जायेगा

मुझपे चलती हैं हथौड़ी छेनियाँ
मुझमें कोई अक्स ढाला जायेगा

फिर हमारी ज़िन्दगी का फ़ैसला
कल के जैसा कल पे टाला जायेगा

बकरियों-गायों को लेकर चल 'नयन'
अब यहाँ बाघों को पाला जायेगा

18

जो हो अंजाम सहने के लिए तैयार बैठे हैं
मुक़द्दर से किए हम फिर वो ही तकरार बैठे हैं

सुनेंगे आज गूँगे और बहरे लोग महफ़िल में
ज़बाने-चश्म से कहने को हम अश्आर बैठे हैं

फ़क़त हाथों में हरकत है ज़बाँ ख़ामोश रहती है
वो जैसे लड़ते-लड़ते ज़िन्दगी से हार बैठे हैं

चलो जब कुछ नहीं तो दर्द-साज़ी की दुकाँ खोलें
दिलों के शह्र में हम लोग क्यों बेकार बैठे हैं

थमेगी जंग तो जायेंगे रिश्तेदार से मिलने
इसी उम्मीद में कुछ लोग सरहद पार बैठे हैं

सयानापन अभी से इनमें इतना आ गया कैसे
ये बच्चे हैं तो फिर क्यों अपना बचपन मार बैठे हैं

बचे इन्सानियत कैसे वहाँ अल्ला क़सम बोलो
जहाँ मज़हब के सौदागर बने सरकार बैठे हैं

19

बिखरती ज़िन्दगी को यूँ सजा लें
चलो कुछ ख़्वाब आँखों में बसा लें

दिलों पर रख के एहसासों का मरहम
जहाँ का ज़ख़्म बढ़ने से बचा लें

कहीं पानी भी है तो खौलता-सा
सुलगता दौर अश्कों से बुझा लें

अगर सुनता है वो हर एक दिल की
ख़ुदारा काफ़िरों की भी दुआ लें

सुकूँ बच्चों के जैसा ही मिलेगा
कलेजे से ग़मों को तो लगा लें

चुभन होगी जहाँ ख़ुशबू भी होगी
गुलों पर पहरे हैं काँटे चुरा लें

हमारे पास अब आँसू नहीं हैं
किसी से दर्द होने की दवा लें

20

वफ़ा की हर मिसाल ज़िन्दा रख
तू इश्क़ का ख़याल ज़िन्दा रख

हसीन ख़्वाब रख के आँखों में
दिलों में कुछ वबाल ज़िन्दा रख

हयात जब तलक भी है तेरी
लहू में रंग लाल ज़िन्दा रख

मिटेगा एक दिन अँधेरा ये
यक़ीन की मशाल ज़िन्दा रख

नये हों नज़रिये मिज़ाज मगर
सवाल-दर-सवाल ज़िन्दा रख

ख़ुशी ठुमक-ठुमक के नाचेगी
ग़मों के सुर व ताल ज़िन्दा रख

पलट के देखना ज़रूरी है
गुज़र गया जो साल ज़िन्दा रख

21

शराबी शाम बहकाये तो क्या हो
कहीं दिल लड़खड़ा जाये तो क्या हो

ये पूछो अह्ले दिल भँवरों से जाकर
कली गुलशन में शरमाये तो क्या हो

अभी तो सिर्फ़ तुम हो और मैं हूँ
ज़माना बीच में आये तो क्या हो

बहुत मुश्किल हैं राहें ज़िन्दगी की
कोई हमराह मिल जाये तो क्या हो

ज़रा सोचो तो नफ़रत करने वालो
महब्बत रंग दिखलाये तो क्या हो

महब्बत को बचाने के लिए जब
कोई झूठी क़सम खाये तो क्या हो

उठा हो दर्द जब ज़ोरों से दिल में
तू ऐसे में ग़ज़ल गाये तो क्या हो

22

बहार ढोके ख़िज़ाओं से दिल लगायेंगे
चमन को राज़े-महब्बत है क्या बतायेंगे

हज़ार बार ज़माना हमें रुलायेगा
हज़ार बार ज़माने को हम हँसायेंगे

हम उनके दर से यही सोचकर गुज़रते हैं
कभी तो ख़ुद वो हमें अपने घर बुलायेंगे

हमारे पास अभी भी है साँस की दौलत
चलो कि दाँव पे अब ज़िन्दगी लगायेंगे

खरा उतरने में हर बार टूट जाता हूँ
वो कितनी बार मुझे और आज़मायेंगे

ज़माना सच तो तभी समझे और मानेगा
हमारे दर्द को जब आप गुनगुनायेंगे

तमीज़ सबको कहाँ पूछने की आती है
सवाल देख वो ही प्यार से उठायेंगे

रात की आँखों में वो ख़्वाब आता
सुब्ह से पहले इनक़लाब आता

भूख महरूमी दर्द और ये सितम
इन सवालों का कुछ जवाब आता

23

मरते-मरते किसने सदा दी
क़ातिल को जीने की दुआ दी

मैं फिर क्या महफ़िल में सुनाता
मेरी कहानी तुमने सुना दी

ख़्वाब भला आते भी तो कैसे
जाग के सारी रैन बिता दी

दुश्मन ने दिल लूट के मेरा
आज मिरी औक़ात बता दी

हंगामा बरपा जो किया था
बात वही फिर तुमने उठा दी

छूकर अपने हाथ से तुमने
पानी में भी आग लगा दी

अपनी धुन में आपने गाकर
मेरी ग़ज़ल की उम्र बढ़ा दी

24

कभी जीत होगी कभी मात होगी
अगर ज़िन्दगी है तो हर बात होगी

उजालों ने ग़द्दारियाँ की हैं यारो
निगाहों में अब रात ही रात होगी

छुआ भी नहीं था निकल आये आँसू
महब्बत भरी कोई सौग़ात होगी

जुनूँ में हो तुम भी जुनूँ में हैं हम भी
कोई फिर मिसाले-करामात होगी

हम इक दूसरे को ही जब ढूँढ़ते हैं
यक़ीकन हमारी मुलाक़ात होगी

बग़ावत पे उतरे हैं नन्हे ये बच्चे
ज़मीं पर फ़रिश्तों की बारात होगी

पता था हमें इश्क़ करने से पहले
कि हम पर भी तुहमत की बरसात होगी

25

यारो कभी-कभी हमें मर जाना चाहिए
उल्फ़त में हद के पार गुज़र जाना चाहिए

तूफ़ान है उठा यहाँ हर दिल में दर्द का
कुछ दिन इसी नगर में ठहर जाना चाहिए

मानोगे तुम नहीं तो कभी बोलेंगे नहीं
बच्चों की धमकियों से तो डर जाना चाहिए

माना कि सिर्फ़ होगी क़ियामत उधर जनाब
लेकिन जो दिल कहे तो उधर जाना चाहिए

पहले तो कितना गहरा है दरिया पता चले
यूँ ही नहीं दिलों में उतर जाना चाहिए

दीवाने हो अगर तो हो महफ़िल से दूर क्यों
दावत नहीं मिली है मगर जाना चाहिए

कल फिर मिलेंगे शहरे-अदब हम ग़ज़ल लिये
अब रात ढल चुकी हमें घर जाना चाहिए

26

जाने क्या आज हुआ है मुझसे
दिल मिरा रूठ गया है मुझसे

जान ईमाँ न करूँ क्यों क़ुर्बां
उसने माँगी जो दुआ है मुझसे

पहले जी भर के तो रो लेने दो
कोई मुद्दत पे मिला है मुझसे

वो कोई ग़ैर नहीं अपना है
वर्ना क्यों उसको गिला है मुझसे

यूँ मिले चैन तो मैं मर जाऊँ
आज क्यों दर्द ख़फ़ा है मुझसे

कितनी ज़ालिम है तुम्हारी दुनिया
एक बच्चे ने कहा है मुझसे

अपनी ख़ूबी को नहीं थी जो पता
मेरे दुश्मन ने सुना है मुझसे

27

कब कहाँ होता है मेरा आना-जाना ये तो पूछ
किसके-किसके है ख़यालों में ठिकाना ये तो पूछ

दिलबरों की बात क्या रहने दे होगी फिर कभी
दुश्मनों ने हमको कितना दिल से माना ये तो पूछ

हम न जीते हैं न जीतेंगे कभी लेकिन ज़रा
चाहता है क्यों कोई हमको हराना ये तो पूछ

ये हमारी मुफ़लिसी का जश्न है इसको न देख
कैसे चलता है हमारा आबो-दाना ये तो पूछ

कब तलक बदलेगा मुश्किल है बताना ये मगर
क्यों ज़रूरी है बदलना ये ज़माना ये तो पूछ

जानते हैं ज़िन्दगी का राज़ हम अल्ला क़सम
दर्द क्या है इश्क़ का क्या है फ़साना ये तो पूछ

हम ग़ज़ल क्यों कह रहे हैं ये नहीं हम जानते
किसको लेकिन चाहते हैं हम सुनाना ये तो पूछ

28

सुब्ह को हाँ-हाँ कहा शाम को ना-ना बाबा
कितनी तेज़ी से बदलता है ज़माना बाबा

अद्ल ईमान वफ़ा ढूँढ़ रहे हो अब भी
तुम तो सचमुच हो पुराना का पुराना बाबा

बढ़ गया जुर्म बहुत और हुए मुजरिम ग़ायब
जब से बस्ती में नया खुल गया थाना बाबा

गिर पड़ो तुम जो सड़क पर तो उठाये न कोई
भूलकर भी न मिरे शह्र में आना बाबा

सिर्फ़ बदतर नहीं बह्तर भी है दुनिया अपनी
मैंने आँखों से तिरी देख के जाना बाबा

एक आवारा-सा बदनाम-सा बेकार-सा शख़्स
मुझसे मिलना हो तो बस इतना बताना बाबा

हमको मालूम है नाराज़ ज़माने से हो तुम
आओ फिर साथ ही हंगामा मचाना बाबा

29

महफ़िलों से महलों से गाँव के सिवानों तक
ले चलो ग़ज़ल को अब खेत की मचानों तक

पूछने लगे हैं अब गाँव रहनुमाओं से
क्यों न कुछ पहुँच पाता मुल्क के किसानों तक

उसको क्या पता होगा मर्म दिल की दुनिया का
जो नहीं पहुँच पाया दर्द के ठिकानों तक

भूख की अदालत में हों गवाहियाँ जब भी
बात तो पहुँचनी है बाजरे के दानों तक

गोलियाँ चलाता है कोई मेरे अन्दर से
जब कभी पहुँचता हूँ सोच के दहानों तक

लाज़िमी है हक़ की इक जंग फ़ैसलाकुन अब
कह रहे हैं चीख़ों में सुन लो बेज़बानों तक

30

वुजूद अपना कभी तार-तार मत करना
हमारी मौत का हरगिज़ क़रार मत करना

लहू हमारा भले मुफ़्त तोल दो लेकिन
ज़मीर बेचने का कारोबार मत करना

तुम्हें क़सम है तुम्हारी वतनपरस्ती की
ये सरज़मीन कभी दाग़दार मत करना

लकीर ख़ून से खींची है जो शहीदों ने
उसे भुला के कभी हद को पार मत करना

बिखर चुके हैं कई बार कितने मुद्दों पर
किसी भी हाल में फिर इन्तशार मत करना

मुआहदा न कहो मौत का है परवाना
भरम में उस पे दिलो-जाँ निसार मत करना

फ़रेबियों ने दिखाये हैं ख़्वाब ख़ूब मगर
ये सच न होंगे इनका इन्तज़ार मत करना

31

अपना नहीं है फिर भी तू लगता तो है कोई
दुश्मन का ही सही मगर रिश्ता तो है कोई

आँखों में जितनी आग तिरी है वो कम नहीं
इस शहरे-बेचिराग़ में जलता तो है कोई

आती है एक याद मिरे पास रात को
दिल पर किसी का आज भी पहरा तो है कोई

सच है लहूलुहान तो होंगे हमारे पैर
तुझ तक मगर पहुँचने का रस्ता तो है कोई

बस इतना है कि इसको नहीं खोलते हैं हम
दोनों तरफ़ किवाड़-सा खुलता तो है कोई

कोई नहीं है साथ मिरे साये के सिवा
मैं चल रहा हूँ फिर भी कि चलता तो है कोई

शायद कभी न कहता मगर माँ क़सम सुनो
जीता है तुमको देख के मरता तो है कोई

32

मत सोच कोई दूसरा तुझसे बड़ा नहीं
ये और बात है तुझे उसका पता नहीं

आसूदगी से अपनी तो मैं हूँ ख़फ़ा मगर
अब मेरे पास अश्क का क़तरा बचा नहीं

मैं जानता हूँ ख़ुदकुशी करना गुनाह है
जीने का दिल में अब मगर वो हौसला नहीं

सबकुछ है तेरे पास मेरे पास कुछ नहीं
अब तेरे-मेरे बीच कोई फ़ासला नहीं

मैं जी रहा हूँ कम नहीं इतना मिरे लिए
सर पर मिरे ख़ुदा क़सम कोई ख़ुदा नहीं

मुन्सिफ़ बने हो तुम मिरा तो सोच लो ज़रा
इन्साफ़ माँगने चला हूँ फ़ैसला नहीं

जैसे लड़ोगे मुझसे मैं वैसे लड़ूँगा अब
मैदाने जंग है ये कोई कर्बला नहीं

रहता हूँ ठीक-ठाक से राज़ी-ख़ुशी के साथ
पर माँ क़सम ये बात कोई मानता नहीं

33

अब लहू में मिरे वो रवानी नहीं
मेरी आँखों में पहले सा पानी नहीं

सब मुझे देखकर फेर लेते हैं मुँह
मेरे चिह्रे पे कोई कहानी नहीं

तुम भी मजबूर थे हम भी मजबूर थे
की किसी ने कोई मेहरबानी नहीं

आख़िरी क़तरा भी अश्क का बह गया
अब मिरे पास तेरी निशानी नहीं

ज़ह्र का घूँट उसका मुक़द्दर नहीं
वो तो मीरा है मीरा दीवानी नहीं

जाओ बेख़ौफ़ होकर महब्बत करो
इस ज़माने में राजा या रानी नहीं

जान देकर करो जान लेने की बात
प्यार की गुफ़्तगू मुँहज़बानी नहीं

34

चलता है तो बेख़ौफ़ ज़मीं पर नहीं गिरता
क्यों नट तनी रस्सी से फिसलकर नहीं गिरता

फ़ितरत तो है फ़ितरत ये बदल जायेगी कैसे
दरिया में कभी जाके समुन्दर नहीं गिरता

हाँ धूप में बारिश में भी चलता रहूँगा मैं
जब तक मिरे क़दमों पे मुक़द्दर नहीं गिरता

ये सोच के कुछ ऊँचे मकाँ वाले हैं नाराज़
क्यों फूस का कच्चा मिरा छप्पर नहीं गिरता

ग़म ने मिरे मुस्कान से है दोस्ती कर ली
अब अश्क कोई आँखों से ढलकर नहीं गिरता

ये कौन है बच्चों का लहू पी रहा है जो
इतना तो सियासत का सितमगर नहीं गिरता

जब तक न बहुत सब्ज़ जज़ीरा दिलों का हो
तब तक तो वहाँ प्यार का लंगर नहीं गिरता

35

अजीब हाल था कल शब
मैं बेख़याल था कल शब

फ़क़त ख़याल का जलवा
कोई वबाल था कल शब

सुकून दिल से था लिपटा
यही मलाल था कल शब

किसी का इन्तज़ारे-वस्ल
पलों में साल था कल शब

तू कोई ख़्वाब था या सच
ये इक सवाल था कल शब

नज़र भी कैसे कुछ आता
तिरा जमाल था कल शब

न बेख़ुदी न चश्मे-तर
मिरा कमाल था कल शब

36

अजीब शख़्स है वो जो तबाह-हाल रहा
तमाम उम्र मगर फिर भी बा-कमाल रहा

मिला न वक़्त कभी ख़ुद से मिलने का ही मुझे
कि सामने तो मिरे आपका सवाल रहा

मुझे मुआफ़ करो ऐ मिरे अज़ीज़ ग़मो
मैं सोचने में कोई शे'र बेख़याल रहा

मिरे लहू में ग़ुलामी नहीं तो क्या मैं करूँ
मैं अद्‌ना शख़्स तुम्हारे लिए वबाल रहा

बदल गया है बहुत कुछ मगर ये कैसे कहूँ
पुराने दर्द में लिपटा नया ये साल रहा

समझ सके न मसाइल को आप हम भी कभी
हमारे बीच कोई तीसरा दलाल रहा

लहूलुहान हुए तीलियाँ हिला दीं मगर
क़फ़स के पंछियों को कुछ न फिर मलाल रहा

37

सच है जो बात कहूँ या न कहूँ
रात को रात कहूँ या न कहूँ

पड़ गया सोच में मैं सुन के तुम्हें
अपने हालात कहूँ या न कहूँ

मान जायेंगे बहुत लोग बुरा
खुल के जज़्बात कहूँ या न कहूँ

जीत पाया न किसी दिल को कभी
अपनी मैं मात कहूँ या न कहूँ

पास रहकर भी कहा कुछ भी नहीं
ये मुलाक़ात कहूँ या न कहूँ

दिल मिरा मुझको भुला देता है
उसकी ये घात कहूँ या न कहूँ

ज़िन्दा रखने की मुझे कोशिश है
इसको ख़ैरात कहूँ या न कहूँ

38

सिर्फ़ लोगों से भरा होने से घर होता नहीं
चाहने वाला कोई उसमें अगर होता नहीं

हमसफ़र हो साथ तो मंज़िल भी आ जाती है पास
तन्हा-तन्हा ज़िन्दगी का तय सफ़र होता नहीं

एक दुनिया और इस दुनिया के अन्दर है छुपी
ये पता उसको नहीं जो दर-ब-दर होता नहीं

चाहता हूँ हद में ही रहना मगर मैं क्या करूँ
माँ क़सम बन्दिश का मुझ पर कुछ असर होता नहीं

सिर्फ़ तारीख़ें बदलने से नहीं आता है दिन
जब तलक सूरज की किरनों का बसर होता नहीं

कुछ नहीं था पास तो हँसकर गुज़ारे रात-दिन
मिल गया सबकुछ तो रो-रोकर गुज़र होता नहीं

जुर्म की सारी हदों को पार कर जाता अगर
आदमी को आदमी होने का डर होता नहीं

39

अँधेरी रात के तारों में ढूँढ़ना मुझको
मिलूँगा दर्द के मारों में ढूँढ़ना मुझको

चला हो ज़ुल्म की जो सल्तनत से टकराने
उसी जुलूस के ना'रों में ढूँढ़ना मुझको

मिरे नसीब में लिक्खी नहीं है तन्हाई
जो ढूँढ़ना तो हज़ारों में ढूँढ़ना मुझको

मैं दुश्मनों के बहुत ही क़रीब रहता हूँ
समझ के सोच के यारों में ढूँढ़ना मुझको

ख़ुदा क़सम ये तुम्हारी ही भूल है यारो
नज़र नवाज़ नज़ारों में ढूँढ़ना मुझको

फ़क़त गुलों की हिफ़ाज़त का काम ही है मिरा
चमन में जाना तो ख़ारों में ढूँढ़ना मुझको

जहाँ कहीं भी मिले ज़िन्दगी मिलूँगा वहीं
धड़कते दिल के दयारों में ढूँढ़ना मुझको

पहुँच गया हूँ मैं इन्सानियत की बस्ती में
दुसाध डोम चमारों में ढूँढ़ना मुझको

40

मरने के जब हज़ार बहाने थे मिरे पास
जीने के तब भी कुछ तो ठिकाने थे मिरे पास

नाज़ुक मिज़ाज लोग थे क्या उनको सुनाता
कड़वी हक़ीक़तों के फ़साने थे मिरे पास

दौरे ख़िज़ाँ में भी मैं रहा यूँ ही सलामत
ख़ुशबू-ए-इश्क़ के जो ज़माने थे मिरे पास

चुप था कि मेरे पास नये लफ़्ज़ नहीं थे
जज़्बात सब के सब ही पुराने थे मिरे पास

तुमने तो मुझ ग़रीब के घर को ही टटोला
दिल को टटोलते तो ख़ज़ाने थे मिरे पास

हर बार दिल का अक्स रहा तीर के आगे
वर्ना बहुत अचूक निशाने थे मिरे पास

पूरे नहीं हुए वो जवाँ फिर भी रही उम्र
सारे अधूरे ख़्वाब सुहाने थे मिरे पास

41

मुद्दतों पर मिला जो रुका ही नहीं
यार ने कुछ कहा कुछ सुना ही नहीं

सारा क़िस्सा तो आँखों में ही दर्ज था
क्या करें हम किसी ने पढ़ा ही नहीं

जाने ख़ारों ने चुप रह के क्या कह दिया
तितलियों ने गुलों को छुआ ही नहीं

मैंने देखा है ऐसे भी ख़ुद्दार को
जिसने माँगी किसी से दुआ ही नहीं

कोई दीवाना है या कि मजबूर है
हँस रहा है वो जैसे ख़फ़ा ही नहीं

प्यार को कह रहे हैं वो अब भी बुरा
कैसे कह दूँ मिरी कुछ ख़ता ही नहीं

ख़ून देता रहा मुझको चुपके से जो
कह रहा है मुझे जानता ही नहीं

42

चूल्हे पे तन्हा बैठी धुआँती हुई सी माँ
रोटी के साथ ख़ुद को पकाती हुई सी माँ

गर्दो-ग़ुबार चिह्‌रे पे पैरों में भी बिवाइ
मैले हुए लिबास में भाती हुई सी माँ

फ़ुर्सत न एक पल को कि आराम कुछ मिले
मुँह ज़िन्दगी को जैसे चिढ़ाती हुई सी माँ

गइया हो बकरियाँ हों कि बच्चे ख़ुदा क़सम
हर दिल का नाज़ो-नख़रा उठाती हुई सी माँ

खीजी हुई हमारी शरारत पे दौड़कर
हौले से एक धौल जमाती हुई सी माँ

सूफ़ी के फ़लसफ़े की हो जैसे कोई मिसाल
उपवास रह के सबको खिलाती हुई सी माँ

एहसास आँसुओं में कभी ढल नहीं सका
सैलाब कोई दिल में दबाती हुई सी माँ

घर में कभी अँधेरा नहीं पाँव रख सका
दीये-सा अपने दिल को जलाती हुई सी माँ

43

हमारे शह्र का मौसम बदल गया कैसे
हरेक शख़्स मशीनों में ढल गया कैसे

ग़लत नहीं थी मिरी चाल कोई साज़िश थी
ज़मीन ख़ुश्क थी तो मैं फिसल गया कैसे

लिपट के आज जो मुझको किसी ने चूम लिया
मैं सोच में हूँ कि पत्थर पिघल गया कैसे

कभी किसी ने नहीं जिसपे कुछ इनायत की
वो शख़्स सब ही से आगे निकल गया कैसे

कोई ज़रूर ही रहबर था इस बग़ावत में
ये इनक़लाब फिर इस बार टल गया कैसे

ये अब्र बरसा तो था फ़स्ले-गुल की ख़ातिर ही
मगर हमारा नशेमन ये जल गया कैसे

हक़ों की माँग थी मज़हब के दे दिये ना'रे
हरेक शख़्स इसी पर बहल गया कैसे

44

सियह रात रंगत बदलने लगी है
सहर होने को अब मचलने लगी है

मैं ख़्वाबों की दुनिया में गुम हो गया हूँ
तमन्ना जवाँ दिल में पलने लगी है

किनारे पे पहुँचेगी कैसे न कश्ती
ये जब आँधियों में सँभलने लगी है

कहीं कोई ज़ालिम नहीं बच सकेगा
निशाने पे शमशीर चलने लगी है

बढ़ा हौसला इस क़दर कारवाँ का
कि रहज़न की छाती दहलने लगी है

ये ज़ुल्मो-सितम के अँधेरों से कह दो
कि लौ सरफ़रोशी की जलने लगी है

सितारों की महफ़िल बुलाने की ख़ातिर
ज़मीं आसमाँ तक उछलने लगी है

रात दरियाओं से भी गहरी है
तीरगी ये मगर सुनहरी है

तुमको देखूँ छुऊँ लिपट जाऊँ
इन उमीदों में साँस ठहरी है

45

ग़मों की रहबरी करनी पड़ेगी
ख़ुशी की चौकसी करनी पड़ेगी

करोगे मुझसे यारो दोस्ती तो
किसी से दुश्मनी करनी पड़ेगी

ज़माने को जो पढ़ना चाहते हैं
उन्हें आवारगी करनी पड़ेगी

यक़ीनन कल हमारा होगा लेकिन
अभी फ़ाक़ाकशी करनी पड़ेगी

हवन के सुख से जिस दिन भी जलोगे
दुखों की आरती करनी पड़ेगी

नहीं समझोगे साज़िश क़ातिलों की
तो तुमको ख़ुदकुशी करनी पड़ेगी

चलो अब अपना-अपना घर जला दें
इसी से रौशनी करनी पड़ेगी

दुआ सबसे बड़ी गर चाहते हो
तो दिल की बन्दगी करनी पड़ेगी

46

ख़ुद को खो दें और फिर ढूँढ़ा करें
खेल ऐसा भी कभी खेला करें

यूँ ग़ज़ल के शे'र को समझा करें
चुप रहें और देर तक रोया करें

याद तो अश्कों का कमरा है जनाब
आप इसको रोज़ मत खोला करें

अब तो बिकने लग गये एहसास भी
तोलकर और नापकर बोला करें

कल बड़े होकर सहारा देंगे ये
दर्द बच्चों की तरह पाला करें

बस दुआओं ने किया हमको ख़राब
आप देकर बददुआ अच्छा करें

आके वो अन्दर हमारे बस गये
अब भला कैसे उन्हें सजदा करें

47

मिरा साहस अचानक खो गया है
रगों का ख़ून पानी हो गया है

कहीं से दूध थोड़ा-सा भी लाओ
ये बच्चा रोते-रोते सो गया है

बड़े आराम से सब लड़ पड़ेंगे
वो नफ़रत प्यार से यूँ बो गया है

दयारे-इश्क़ में क्या है कि यारो
नहीं लौटा अभी तक जो गया है

सितमगर सोच ले क्या होगा तेरा
वो ख़ूँ से अपनी आँखें धो गया है

पता सच का नहीं चल पायेगा अब
कि बनकर झूठ ही सच हो गया है

दबा है ख़ुद के वज़नों से वही जो
हमें कन्धों पे अपने ढो गया है

48

कच्ची सड़क कच्ची गली को कौन ले गया
मिट्टी में लिपटी ज़िन्दगी को कौन ले गया

मुद्दत हुई मुझको किसी को कुछ दिये हुए
मुझसे मिरी दरियादिली को कौन ले गया

अख़लाक़ से लबरेज़ बस्तियों से पूछिये
मिहमान था जो अजनबी को कौन ले गया

बर्गर हमारे हाथ में थमा के इस तरह
मिसिरी की वो गुड़ की डली को कौन ले गया

दम घुट रहा है माँ क़सम मिरा किताब में
यारब मिरी आवारगी को कौन ले गया

मिलती थी जो पाने की तुमको चाह में मुझे
तुम मिल गये तो उस ख़ुशी को कौन ले गया

कैसे जिऊँगा मैं मरूँगा कैसे अब भला
ऐ राहते-जाँ बेकली को कौन ले गया

49

जला था जिस्म ही मिरा ये कौन दिल जला गया
बची हुई उमीद के चराग़ को बुझा गया

हमारे पास अब न गुज़रा वक़्त है न याद है
तुम्हारे साथ ही हमारा ख़्वाब भी चला गया

न जाने किसकी थी दुआ कि मरते-मरते बच गया
तू मुझसे दूर जब हुआ ज़माना पास आ गया

न तुमने हमसे कुछ कहा न हमने तुमसे कुछ कहा
मगर तमाम शह्र में तुम्हें हमें सुना गया

मिरी तरह यहाँ भी कोई है यक़ीन हो गया
ये कौन शह्रे-बेदिली में धड़कनें बढ़ा गया

समझ गया कहाँ रुका है इनक़लाब माँ क़सम
जवाब ख़ुद सवाल-दर-सवाल जब उठा गया

अबस डरा रहा था आफ़ताब डूबता हुआ
हुई जो रात तीरगी को माहताब खा गया

50

मैं समझता था तेरे दिल में उतर जाऊँगा
क्या पता था इसी में डूब के मर जाऊँगा

तेरा होकर भी तेरे पास नहीं रुक सकता
मैं हवा हूँ तिरी साँसों की बिखर जाऊँगा

कितनी ठंडक है तेरे इश्क़ में तू क्या जाने
आग का दरिया भी गर हो तो गुज़र जाऊँगा

मैंने माना वहाँ से कोई नहीं लौटा है
फिर भी छूने उसी सूरज को मगर जाऊँगा

ज़िन्दगी कैसे मेरी बिगड़ी न पूछो मुझसे
तुम अगर हाथ से छू दो तो सँवर जाऊँगा

माँ क़सम मुझको तो मालूम है औक़ात मिरी
यूँ करोगे मिरी ता'रीफ़ तो डर जाऊँगा

हर तरफ़ तेरे ही चर्चे हैं तिरे ही जलवे
अब न चाहूँ जो तुझको मैं तो किधर जाऊँगा

51

कुछ यूँ भी ज़िन्दगी से मुलाक़ात कीजिए
ग़म दिल में हो ख़ुशी की मगर बात कीजिए

हर दिल को जीत लेंगे यक़ीनन जनाब आप
बस शर्त है कि ख़ुद को ज़रा मात कीजिए

बेपर्द हो न जायें ज़माने के सामने
ज़ाहिर न अपने भूल के जज़्बात कीजिए

सुलझेंगी माँ क़सम ये ज़माने की उलझनें
अपनी तरफ़ से आप शुरूअआत कीजिए

शायद हमारे पास ही हों आपके जवाब
कुछ हमसे भी कभी तो सवालात कीजिए

होंगे न अपने आप कभी आपकी तरफ़
ख़ुद अपनी ओर खींच के हालात कीजिए

लग जायेंगी दुआयें मुक़द्दर को आपके
दौलत को छोड़ दिल को ही ख़ैरात कीजिए

52

हरेक बात में हर इक ख़बर में रहता है
कहीं भी जाये वो मेरी नज़र में रहता है

हम ऐसे शख़्स को ज़ालिम कहें भी तो कैसे
जो दर्द बन के हमारे जिगर में रहता है

कभी तो पलकों के साये में वो ठहर जाये
हवा में धूप में भी जो सफ़र में रहता है

मिले कभी भी तो करता है बात फूलों की
वो एक शख़्स जो पत्थर के घर में रहता है

लहू-लहू है मिरा दिल मगर ये है ज़िन्दा
न जाने किसकी दुआ के असर में रहता है

निकल न पाऊँ कभी उसके सोच से बाहर
कोई ख़याल हो उसकी डगर में रहता है

तुम्हीं कहो न कि मैं क्या करूँ तुम्हारे लिए
मिरा तो दिल ये अगर और मगर में रहता है

53

शराब में भी तो अब ज़िन्दगी नहीं मिलती
पियूँ मैं कितनी मगर बेख़ुदी नहीं मिलती

ग़मों की ज़द में समाया है मेरा दिल शायद
ख़ुशी के जश्न में भी क्यों ख़ुशी नहीं मिलती

चलो जो करना है बस इन पलों में कर डालें
हमारे जैसों को पूरी सदी नहीं मिलती

जिगर के पार पहुँचकर जो देख लेती है
हरेक आँख को वो रौशनी नहीं मिलती

मैं चाहता हूँ कि पी जाऊँ अपने ग़म सारे
मगर ख़ुदा की क़सम तश्नगी नहीं मिलती

कमी हज़ार मिरी दोस्ती में हो लेकिन
तुम्हारी दुश्मनी में कुछ कमी नहीं मिलती

ये भूख भी तो है नेमत बड़ी मगर यारो
हरेक शख़्स को फ़ाक़ाकशी नहीं मिलती

54

दिल की बेचैनी बढ़ी दिल पर गुज़र जाने के बाद
ज़ख़्म की तासीर समझी ज़ख़्म भर जाने के बाद

तुम समुन्दर हो न समझोगे मिरी मजबूरियाँ
एक दरिया क्या करे पानी उतर जाने के बाद

मत करो हरदम जफ़ा की क़त्ल की ग़ारत की बात
हम कहाँ जायेंगे इस दुनिया से डर जाने के बाद

दिल की बस्ती से मिरी गुज़रो अगर तो जान लो
जा नहीं पाया कोई इक पल ठहर जाने के बाद

आयेगी चिह्‌रे पे रौनक़ खिल उठेगी ज़िन्दगी
ग़म के आईने में थोड़ा सज-सँवर जाने के बाद

मुन्तज़िर आँखों में भर जाती है किरनों की चमक
सुब्ह बन जाती है हर शब मेरे घर जाने के बाद

हँस रहे हो मुझ पे हँस लो ख़ूब ऐ अह्‌ले जहाँ
माँ क़सम रोओगे छुपकर मेरे मर जाने के बाद

55

यूँ बहुत देर से पलकों को गिराकर आँखें
जाने क्या देख रही हैं मिरे अन्दर आँखें

टूटकर आज मिरे दुख की है बदली बरसी
पास आईं जो मिरे तेरी समुन्दर आँखें

मुस्कराहट न कभी अश्क के क़तरे टपके
जाने कब से ये हुई हैं मिरी पत्थर आँखें

कब तलक आग को पानी के यहाँ रक्खोगे
पूछती रहती हैं मुझसे मिरी अक्सर आँखें

ख़्वाब तो कब के गये नींद भी अब ग़ायब है
साज़िशें रच के बनाई गईं बंजर आँखें

जागकर नीम उजाले में रफ़ू करती हैं
कितनी अनजान हैं ख़तरों से ये सुन्दर आँखें

रौशनी लूटने वालों को ये मालूम नहीं
माँ क़सम डर है न बन जायें ये ख़ंजर आँखें

56

क्या बात है कि रंग बदलने लगी है शाम
राहत सुकूँ क़रार निगलने लगी है शाम

ग़द्दार कोई समझे कि बाग़ी कहे उसे
मुट्ठी से मगर सबकी फिसलने लगी है शाम

हैरत है ऐसी सर्द फ़ज़ाओं के दरमियान
सहरा की दोपहर सी पिघलने लगी है शाम

हर सिम्त लाल-लाल धुआँ छा रहा है आज
ज्वालामुखी की आग-सी जलने लगी है शाम

ऐसा न सोचिए कि फ़क़त हमको आपको
इस दौर में तो सबको ही खलने लगी है शाम

आओ पता करें कि नया माजरा है क्या
क्यों दोपहर के क़ब्ल ही ढलने लगी है शाम

अह्ले अदब कुछ और उठाओ क़लम के साथ
आँखों में इनक़लाब की पलने लगी है शाम

57

कैसे हैं ये नीले लोग
अमृत से ज़हरीले लोग

तन के मैले हैं लेकिन
मन के हैं चमकीले लोग

अन्दर फूल सरीखे हैं
बाहर से पथरीले लोग

लथपथ ख़ून-पसीने से
रहते हरदम गीले लोग

भूखे-प्यासे ही अक्सर
सोते सूखे पीले लोग

अपनी धुन के पक्के हैं
बेहद सरल लचीले लोग

दुख अपना झुठलाते हैं
हँस-हँसकर मस्तीले लोग

हक़ अपना कब पायेंगे
भोले मन के ढीले लोग

दिल में शोले रक्खेंगे
इक दिन ये बर्फ़ीले लोग

58

काशी है इधर काबा कलीसा भी उधर है
मैं ढूँढ़ रहा हूँ मिरा महबूब किधर है

मुझमें तो अभी तक है बची क़ुव्वते-इज़हार
उँगली है मिरे पास अभी ख़ूने-जिगर है

रह जाये न मंज़िल मिरे पैरों को तरसती
तक़दीर में शायद मिरी ता-उम्र सफ़र है

आँखें न रहीं मेरी मगर हैं तो वो ही लोग
मुझको है नज़र आता कहाँ किसकी नज़र है

एहसास उसी रब की तरह ही है तुम्हारा
आता न नज़र मुझको तू मौजूद मगर है

कुछ देर फ़क़त और मिरे साथ ही जलना
ऐ शम्अ न बुझना कि बहुत पास सहर है

आया है मिरा नाम ज़बाँ पर जो तुम्हारी
ये मेरे लिए आज बहुत ख़ास ख़बर है

59

रुत है अभी ख़ुश होने की
उम्र पड़ी है रोने की

दिल ही बचाना होता है
बाक़ी चीज़ें खोने की

चाँद-सितारों से पूछो
रात बनी क्या सोने की

बोझ बने कुछ रिश्तों को
क्या है ज़रूरत ढोने की

पार उतरने की इक ज़िद
ज़िद इक नाव डुबोने की

इतनी मशक़्क़त पर मुझको
जगह मिली है कोने की

दर्द व आँसू कटने के
प्यार की फ़स्लें बोने की

60

धूप शबनम में क्यों भिगोते हो
मुस्कराते हुए भी रोते हो

सूख जाती है रात होने तक
सुब्ह फिर भी उमीद बोते हो

लुट चुके हो कभी के क्या जानो
गाँठ क्यों बार-बार टोते हो

बोझ अपना न तुमसे उठता है
और दुनिया के बोझ ढोते हो

इश्क़ का ही असर यक़ीनन है
ख़ूब पाते हो ख़ूब खोते हो

जब कभी ख़ुद से दूर होता हूँ
माँ क़सम तुम ही पास होते हो

तुम तो चमकोगे चाँद-सूरज-सा
आँसुओं से ज़मीर धोते हो

61

जब कभी उनके निकट जाता हूँ मैं
अपने मक़सद से भटक जाता हूँ मैं

जानता हूँ तुम शजर काँटों का हो
फिर भी क्यों तुमसे लिपट जाता हूँ मैं

वाक़िया कैसे सुनाऊँ हौलनाक
कहते-कहते तो हटक जाता हूँ मैं

मेरे बेटों-सा डपटते हैं वो जब
बेटियों-सा तब सटक जाता हूँ मैं

खुल के हँस दूँ बोल दूँ गर मैं कभी
उनकी आँखों में खटक जाता हूँ मैं

हार जाते हैं मिरे अल्फ़ाज़ तो
मोरचे पर मौन डट जाता हूँ मैं

ज़िन्दगी का दर्द तेरा शुक्रिया
चोट खा-खाकर चमक जाता हूँ मैं

62

उनका सचमुच कोई जवाब नहीं
जिनके चिहरे पे कुछ नक़ाब नहीं

मैं वो ही हूँ ये शामे-ग़म भी वो ही
बस वो साक़ी नहीं शराब नहीं

उनको देखा भी उनको छू भी लिया
आज ग़ुस्से में आफ़ताब नहीं

आपके साथ मैं भी बैठ गया
कैसे कह दूँ ये इनक़लाब नहीं

हमने ऐसे भी शख़्स देखे हैं
नींद आती है जिनको ख़्वाब नहीं

कैसे रोऊँ ग़मो मुआफ़ करो
मेरी आँखों में अब तो आब नहीं

यूँ तो बदनाम हूँ मैं ख़ूब मगर
माँ क़सम दिल मिरा ख़राब नहीं

63

मत कहो हमको बेज़बाँ साहब
दे चुके हैं बहुत अज़ाँ साहब

भूख किस पर नहीं पड़ी भारी
मेरा ईमाँ कहाँ गिराँ साहब

कैसे बिगड़ा मैं कैसे आप बने
इसपे खुलवाओ मत ज़बाँ साहब

चन्द सिक्कों पे तौल दी मिहनत
कौन किस पर है मह्रबाँ साहब

कुछ नतीजा नहीं बताते हो
कब तलक लोगे इम्तहाँ साहब

क़त्ल कब किसने क्यों किया मेरा
कुछ तो मेरा भी लो बयाँ साहब

काश हम आपको बुलाते घर
क्या करें हम हैं बेमकाँ साहब

64

शाम बेरंग अनमनी क्यों है
बेख़ुदी में भी बेकली क्यों है

रौशनी भी है और अँधेरा भी
शम्अ ये आज अधजली क्यों है

गुफ़्तगू ख़त्म हो गयी सारी
दास्ताँ फिर भी अनकही क्यों है

वक़्त-बेवक़्त ये रुलाती है
इस क़दर याद मनचली क्यों है

अब तलक मैं समझ नहीं पाया
दिल मिरा मुझसे अजनबी क्यों है

तुमसे होकर जुदा मैं हैराँ हूँ
ज़िन्दगी अब तलक बची क्यों है

हम नहीं जानते बता दीजै
दुश्मनों से भी दोस्ती क्यों है

65

यहीं तो था कहीं खोया नहीं था
मैं सपने में तो था सोया नहीं था

चलो अच्छा हुआ तुम मिल गये फिर
बड़ी मुद्दत से मैं रोया नहीं था

मुक़द्दस फूल थे तुम कैसे छूता
कि मैंने हाथ ही धोया नहीं था

ये होगी इतना भारी क्या पता था
किसी की साँस यूँ ढोया नहीं था

मिरी आँखों के आँसू हँस रहे हैं
तिरे ख़्वाबों को तो बोया नहीं था

मशीनों की तरह क्या लोग थे वो
कि कुछ एहसास ही गोया नहीं था

66

दुनिया के नये रंग में ढलने नहीं देता
ये कौन मुझे अब भी बदलने नहीं देता

सड़कों पे कहीं खेल लहू का न हो जारी
ये ख़ौफ़ मुझे घर से निकलने नहीं देता

टपकाओ न तुम अश्क न दिखलाओ कोई ज़ख़्म
ये शहर तो अब मोम पिघलने नहीं देता

पड़ता है समुन्दर तो कभी राह में सहरा
चलता हूँ मगर क्यों कोई चलने नहीं देता

ऐ हुस्न बता तू ही कि ये आग है कैसी
क्यों इश्क़ हमें शौक़ से जलने नहीं देता

दरिया में न डूबूँ ये बहुत बार है चाहा
लेकिन ये तिरा ख़्वाब सँभलने नहीं देता

लुट जाय न जागीर ही एहसास की पल में
ये सोच मिरे दिल को बहलने नहीं देता

पेचोख़म कशमकश वबाल रही
ज़िन्दगी उम्र भर सवाल रही

मिल सके हम न अपने दिल से कभी
राम जाने ये किसकी चाल रही

67

ख़मोश चीख़ से लफ़्ज़ों के बयाँ तक सोचूँ
तुम्हारे दर्द को आख़िर मैं कहाँ तक सोचूँ

मिरे ख़याल के दम घुटने की क्या हैं वजहें
दिलों में ज़ह्र का भरता जो धुआँ तक सोचूँ

अभी भी हैं यहाँ अफ़सानों के किरदार बहुत
'कफ़न' की बुधिया से 'ठाकुर का कुआँ' तक सोचूँ

सुकूने-दिल को भी पाने की हैं जगहें कितनी
कि मयकदे से मैं मस्जिद की अज़ाँ तक सोचूँ

ज़माने में न कोई भी हो कहीं पर भी निज़ाम
कोई न सोचे जहाँ तक मैं वहाँ तक सोचूँ

बिछे हैं ख़ार कहीं पर तो कहीं पत्थर हैं
यही न राहे-वफ़ा हो मैं जहाँ तक सोचूँ

ये ज़लज़ला तो गिरा देगा इमारत पल में
मैं बेमकाँ हूँ मगर अह्ले मकाँ तक सोचूँ

68

जो भी जीने के थे सामान गये
ज़िन्दगी हम तुम्हें पहचान गये

जी रहा हूँ मैं कोई बुत की तरह
जब से दिल के मिरे अरमान गये

तेरे हाथों सज़ा पाने के लिए
बेबहस हम ख़ता ख़ुद मान गये

तुम रुलाकर हमें ख़ुश हो लो मगर
हमको ग़म है तुम्हें हम जान गये

लब हिले ही नहीं पलकें न उठीं
दिल से दिल तक मगर फ़रमान गये

एक मुद्दत पे तो आई थी हँसी
आप इस पर बुरा फिर मान गये

ज़िन्दगी क्या तिरी पढ़ ली कि मिरे
कितने अफ़सानों के उनवान गये

69

मिरे घर में कहानी है अभी तक
मिरे बच्चों की नानी है अभी तक

घड़ा मिट्टी का पत्तों की चटाई
बुज़ुर्गों की निशानी है अभी तक

मैं इक ख़ुद्दार दौरे-बेबसी में
ख़ुदा की मह्रबानी है अभी तक

कोई गिरधर यहाँ हो या नहीं हो
मगर मीरा दीवानी है अभी तक

वहाँ उम्मीद कैसे छोड़ दूँ मैं
जहाँ आँखों में पानी है अभी तक

कुँवर सिंह की भी धरती ख़ूब है ये
बुढ़ापे में जवानी है अभी तक

हवायें बर्फ़बारी धूप सहरा
इन्हीं की मेज़बानी है अभी तक

तलाशो मत नये अन्दाज़ो-तेवर
ग़ज़ल मेरी पुरानी है अभी तक

70

लगता है लहू खौलने अक्सर मिरे अन्दर
जब सोच का उठता है बवंडर मिरे अन्दर

आँखों में मिरी झाँक कभी दिल को मेरे छू
तू देख तो इक बार उतरकर मिरे अन्दर

मत सोच मिरे ख़्वाब फ़क़त मेरे लिए हैं
पलता है ज़माने का मुक़द्दर मिरे अन्दर

चल साथ मिरे जल के अँधेरे को मिटाने
है आग बराबर तिरे अन्दर मिरे अन्दर

सोचूँ जो नया कुछ तो वो तूफ़ान उठा दे
इक शख़्स है मुझसे ज़रा बदतर मिरे अन्दर

बाज़ार न गुम कर दे तिरे मेरे भी एहसास
हर पल है यही चीख़ यही डर मिरे अन्दर

मिलती न मुझे मेरे गुनाहों की सज़ा तो
ऐसे में उतर जाता है ख़ंजर मिरे अन्दर

71

रहता है साथ-साथ मह्रबान की तरह
इक शख़्स मेरे सर पे आसमान की तरह

मिलती है मेरी ज़िन्दगी को दाद आह-आह
मैं हो गया हूँ मीर की ज़बान की तरह

हिस्से में मुझको भूख ही मिली है क्या कहूँ
पढ़ लो मुझे ही मुल्क के बयान की तरह

लड़ता नहीं कोई भी अब किसी भी बात पर
रहते हैं घर के लोग मेज़बान की तरह

दंगे के बाद शह्र पे इक दाग़ रह गया
माथे पे मेरे चोट के निशान की तरह

घर ही नहीं ये जायदाद भी उसी की है
दरबान है खड़ा जो बेज़बान की तरह

आये हसीं ख़याल माँ क़सम जो रह के साथ
छुटते गये किराये के मकान की तरह

72

उसके अन्दर छुपे हर इक हुनर से वाक़िफ़ हूँ
जीत लेगा वो दिल उसके असर से वाक़िफ़ हूँ

वो समझदार है आख़िर में मान जायेगा
नुक़्ताचीनी से उसकी गर-मगर से वाक़िफ़ हूँ

जानलेवा हैं जाँ मेरी मगर नहीं लेंगे
अपने मैं दर्दे-दिल ज़ख़्मे-जिगर से वाक़िफ़ हूँ

सामने आऊँ तो आऊँ भी कैसे डरता हूँ
माँ क़सम आपके तीरे-नज़र से वाक़िफ़ हूँ

ठोकरें हर क़दम पे ही सलाम करती हैं
इश्क़ के शहर की हर रहगुज़र से वाक़िफ़ हूँ

मैं ज़रा देर से पहुँचूँ तो ख़ूब चीख़ेंगे
मैं अपने घर के हर दीवारो-दर से वाक़िफ़ हूँ

लोग कितने ख़फ़ा हैं मुझसे ये न बतलाओ
इक ज़माने से मैं ऐसी ख़बर से वाक़िफ़ हूँ

73

इबादतों की रात जैसी रात बन के आ गयी
मिरे लिए तू फिर शब-ए-बरात बन के आ गयी

थीं ज़िन्दगी में सिर्फ़ मेरी लानतें-मलामतें
तू मौत ही थी फिर भी इक निजात बन के आ गयी

ज़मीं-फ़लक सितारे-चाँद जब मिरे ख़िलाफ़ थे
तो तू नयी-नयी सी कायनात बन के आ गयी

जले-जले से ख़्वाब थे लुटी-लुटी सी हसरतें
घुटी-घुटी सी साँस में हयात बन के आ गयी

मैं क्यों न बेख़बर रहूँ हरेक ख़तरो-ख़ौफ़ से
तू जब मिरी वफ़ात की वफ़ात बन के आ गयी

मुझे तो फिर से आस हो गयी है लुत्फ़े-दर्द की
जो बात ख़त्म थी कभी वो बात बन के आ गयी

हक़ीक़तों की तल्ख़ियों से ज़िन्दगी तबाह थी
मिरी हसीं ग़ज़ल तू उनकी मात बन के आ गयी

74

धूप है सहरा है अह्‌ले कारवाँ धीरे चलो
दूर तक कोई नहीं है सायबाँ धीरे चलो

रह न जाये कोई भी साथी हमारा राह में
साथ बच्चे औरतें हैं नौजवाँ धीरे चलो

आज आँखों से नहीं क़दमों से पढ़ना है तुम्हें
रहगुज़र के दर्द की हर दास्ताँ धीरे चलो

मील के पत्थर की साज़िश रहबरों की घात है
क़ाफ़िला ये लुट न जाये निगहबाँ धीरे चलो

ढूँढ़ना है ज़िन्दगी का हर ठिकाना दोस्तो
वक़्त के क़दमों के पाने हैं निशाँ धीरे चलो

तुमसे मिलने के लिए मैं भी बहुत बेताब हूँ
मुस्कराकर कह रहा है आसमाँ धीरे चलो

सुन लो कोई दे रहा है प्यार से तुमको सदा
मह्‌रबाँ ओ मह्‌रबाँ ओ मह्‌रबाँ धीरे चलो

75

कह रहे हैं लोग कुछ लोगों को मैं बहका रहा हूँ
हम बदल सकते हैं दुनिया ये उन्हें समझा रहा हूँ

जानता हूँ तुम मुझे इस बार भी दोगे सज़ायें
जिसपे पाबन्दी लगी है फिर ग़ज़ल वो गा रहा हूँ

ख़ुद को ख़ुशक़िस्मत कहूँ या तेरे कुत्तों की इनायत
मैं तिरी ख़ूँख़्वार गलियों से सलामत जा रहा हूँ

अस्लहे अपनी हिफ़ाज़त में दिखाकर मेरे भाई
तुम भले इतराओ लेकिन मैं बहुत शरमा रहा हूँ

मेरे बच्चों को न देना नींद आने की दवायें
मैं उन्हें परियों के क़िस्से फिर सुनाने आ रहा हूँ

तुम न बहरे हो न सोये हो तो क्यों सुनते नहीं हो
एक मुद्दत से तुम्हारे कान में चिल्ला रहा हूँ

मेरे मुँह से मैं नहीं अब ये ज़माना बोलता है
सोचकर अंजाम इसका माँ क़सम घबरा रहा हूँ

76

चाँद क्या फूल क्या सुबू क्या है
मुझसे पूछे कोई कि तू क्या है

तेरी नज़रों ने दिल को धो डाला
मुझको अब हाजते-वुज़ू क्या है

सीख ली रूह की ज़बाँ मैंने
अब ये लफ़्ज़ों की गुफ़्तगू क्या है

हो न जाये गुनाह फिर कोई
या ख़ुदा मेरे रू-ब-रू क्या है

इक क़ियामत से दोस्ती कर ली
फिर ये जीने की आरज़ू क्या है

इक तिरा प्यार मिल सका न अगर
नाम शुहरत ये आबरू क्या है

क्या पता ख़ुद को ढूँढ़ लूँ इक दिन
पूछ मत मुझसे जुस्तजू क्या है

77

रस्मे-उल्फ़त को निभाते जाइये
दर्द सहते मुस्कराते जाइये

जब तलक है जिस्म में बाक़ी लहू
दिल चराग़ों-सा जलाते जाइये

मेरी शुहरत रोज़ बढ़ती जायेगी
आप मेरे पास आते जाइये

याद रखिये सिर्फ़ दुनिया के करम
नेकियाँ अपनी भुलाते जाइये

हमने तो माना कि हम बदकार हैं
आप क्या हैं ये बताते जाइये

इम्तहाँ ही इम्तहाँ है उम्र भर
ख़ुद को हर पल आज़माते जाइये

लुट गया गर सब 'नयन' जी आपका
अपनी ग़ज़लें गुनगुनाते जाइये

78

मुसीबत जब हमें अच्छी तरह पहचान लेती है
तो उसके बाद वो लोहा हमारा मान लेती है

बिठा लेती है इज़्ज़त से उसे सर-आँखों पर अपनी
ये दुनिया जिस किसी की नेक नीयत जान लेती है

नहीं मैं माँगता हूँ कुछ मगर वो ख़ुद भी तो देती
न जाने क्यों मिरी क़िस्मत मिरा एहसान लेती है

नयी तहज़ीब की कुछ ख़ासियत हो या न हो लेकिन
वो पहले की तरह अब दिल नहीं ईमान लेती है

उसी पल ख़त्म हो जाती हैं दहशत और बदअम्नी
शराफ़त जुर्म से टकराव की जब ठान लेती है

ख़ुशी की धूप में हम जब कभी लगते हैं जलने तो
हमारी रूह ग़म का शामियाना तान लेती है

'नयन' मुद्दत हुई तू मर गया अब भी मगर दुनिया
सुकूँ पाने को हाथों में तिरा दीवान लेती है

79

ज़मीं के मालिकों ने हम पे ज़ुल्म ढाया बहुत
किया वसूल हमसे रहने का किराया बहुत

सुना था हमने भी कि रहम-दिल फ़लक है मगर
हमें तो चाँद ने ही रात में जलाया बहुत

मिरी नज़र का ऐब कह के भूल जाओ इसे
कि देखता हूँ ख़ुद से ऊँचा अपना साया बहुत

पता थी पहले से मगर नहीं जताया कभी
वो बात जिसको तुमने हमसे था छुपाया बहुत

मैं उससे मुँह जो मोड़कर चला तो चल ही पड़ा
न लौटा फिर कभी कि वक़्त ने बुलाया बहुत

करूँ मैं शुक्रिया भी किसको-किसको कैसे अदा
ज़माने से बग़ैर माँगे मैंने पाया बहुत

मिला तो एक पल में ही बिछड़ गया वो 'नयन'
तमाम उम्र ख़्वाब में जो मेरे आया बहुत

80

तेरा ख़यालो-ख़्वाब सुहाना लगा मुझे
हालाँकि तू बहुत ही पुराना लगा मुझे

इतने थे जब क़रीब तो फिर क्यों मिरे रफ़ीक़
तुमको तलाशने में ज़माना लगा मुझे

तेरी मुख़ालिफ़त का है अंजाम सब पता
पीछे नहीं हटूँगा निशाना लगा मुझे

इक घर में रह के मुझसे नहीं मिलना आपका
घर से निकालने का बहाना लगा मुझे

हर सू यहाँ पे दर्द के ही फूल हैं खिले
रुकने का इसलिए ये ठिकाना लगा मुझे

मेरी सलामती की दुआ दुश्मनों ने की
सचमुच ये उनका मुझको हराना लगा मुझे

अल्ला क़सम ग़ज़ल का ये दीवान ही मिरा
मेरे लिए बड़ा-सा ख़ज़ाना लगा मुझे

81

हमारे नाम का चर्चा हुआ इसकी ख़ुशी तो है
किसी की गुफ़्तगू में अब हमारी ज़िन्दगी तो है

इसी पर सब्र है दिल को कि रिश्ता हो गया क़ायम
नहीं है दोस्ती तो क्या किसी से दुश्मनी तो है

कई मजबूरियाँ हैं इसलिए ख़ामोश रहता हूँ
मगर फिर भी मुझे इस बात की शर्मिन्दगी तो है

ज़माना फ़ैसला देखेगा मैं इन्साफ़ देखूँगा
अदालत में तुम्हारी आज मेरी हाज़िरी तो है

न दो इल्ज़ाम ये इश्क़े-बुताँ का दोस्तों हम पर
किसी के सामने होती हो अपनी बन्दगी तो है

अभी भी जल रही है मेरे दिल की शम्अ पहले सी
मिरी आँखों को तुझ तक देखने भर रौशनी तो है

नहीं दौलत नहीं शुहरत नहीं हस्ती मिरी तो क्या
मैं ख़ुश हूँ साथ मेरे आज मेरी शायरी तो है

'नयन' कुछ शे'र कहना आ गया अल्ला क़सम तुझको
ग़ज़ल पर तेरी महफ़िल में मची कुछ खलबली तो है

82

उसूल तोड़े महब्बत के एदारे तोड़े
ख़ुदा के बन्दों ने बन्दों के सहारे तोड़े

बरात कैसे शरीफ़ों की कहूँ थी जिसने
मज़ार तोड़े ये दरगाह भी सारे तोड़े

किसी तरह से गुज़र और बसर होती थी
यतीम बच्चों के ज़ालिम ने गुज़ारे तोड़े

अज़ीम लोग सिमटकर ही रहा करते हैं
समुन्दरों ने कहाँ अपने किनारे तोड़े

यक़ीन कितना था बाज़ू पे उन्हें भी यारब
कि नाख़ुदाओं ने लहरों में शिकारे तोड़े

रहेगा अह्द भी ये याद हमारा जिसने
तमाम रिश्ता-ए-एहसास हमारे तोड़े

ये आशिक़ों का जुनूँ भी है करिश्मे की तरह
इसी जुनूँ ने महब्बत में सितारे तोड़े

83

रुख़ हवाओं का बहुत बदला हुआ है
गुलसिताँ का हर शजर सहमा हुआ है

पीटता है आज अपना सर समुन्दर
आब हर दरिया का ही ठहरा हुआ है

खो गया हो जैसे दुनिया का मुक़द्दर
माँ क़सम हर आदमी रोता हुआ है

एक मुफ़लिस भूख से जो लड़ रहा था
आज उसकी मौत पर जलसा हुआ है

एक तू ही तो नहीं फुटपाथ पर है
आशियाँ कितनों का ही उजड़ा हुआ है

चीख़ता है रात ही से गाँव सारा
रहबरों का क़ाफ़िला आया हुआ है

मौत की उँगली पकड़कर चल पड़ी है
ज़िन्दगी के साथ फिर धोखा हुआ है

84

मिलती है इसमें कितनी ख़ुशी आज़मा के देख
रोते हुए दिलों को कभी तो हँसा के देख

दिखलाएगा तिरा न कोई अक्स आइना
आँखों से मेरी आँखों को अपनी मिला के देख

मेरे जिगर की आग से जल जायेंगे तमाम
इन बुझ चुके चिराग़ों को मुझसे छुआ के देख

वैसा नहीं वो जैसा समझता है उसको तू
उसके ज़रा क़रीब से उसको तो जा के देख

मैं कुछ नहीं हूँ फिर भी बहुत कुछ नहीं हूँ क्या
खंडर में मेरे दिल के कभी तो समा के देख

बाहर निकल सकेगा नहीं डूबने के बाद
दरिया-ए-दिल में यार के ग़ोते लगा के देख

क़िस्मत बदल न जाये तो कहना कि क्या कहा
हाथों को चीरकर तू लकीरें बना के देख

85

कोई रिश्ता हो कुछ अपनी ज़रूरत ढूँढ़ते हैं हम
किसी से दुश्मनी भी हो तो लज़्ज़त ढूँढ़ते हैं हम

ज़माना रंग कितना बारहा अपना बदलता है
मगर फिर भी ज़माने में शराफ़त ढूँढ़ते हैं हम

नये लोगों के जीने का नया अन्दाज़ है अच्छा
मगर अल्ला क़सम थोड़ी रिवायत ढूँढ़ते हैं हम

पसीना ही ज़मीं की ख़ाक को गौहर बनाता है
सो हर इक शख़्स में मह्नत-मशक़्क़त ढूँढ़ते हैं हम

क़दम को फूँककर रखते हैं हम तो क्या बुरा इसमें
कि हो ता'रीफ़ जब अपनी शिकायत ढूँढ़ते हैं हम

भगतसिंह अपने बच्चों को कभी बनने नहीं देते
मगर औरों के बच्चों में शहादत ढूँढ़ते हैं हम

86

तुम्हारे रिश्ते की शायद कोई बुनियाद नहीं
ज़मीनो-आसमाँ में जैसे इत्तहाद नहीं

ज़लील देखना हमको करेगी मौत बहुत
हमारी ज़िन्दगी का अब कोई नक़्क़ाद नहीं

तड़प के भूख से मरते हैं कितने लोग यहाँ
हमारे शहर में दंगों का अब उन्माद नहीं

पुकार देते हैं मजबूरियों में लोग हमें
वगरना अब तो किसी को हमारी याद नहीं

दिलों में कमतरी का है फ़क़त एहसास भरा
यहाँ किसी को भी अपने पे एत्तमाद नहीं

कहाँ से आ गयी दौलत ये तेरे पास बता
हिसाब चाहिए हमको कोई इमदाद नहीं

हरेक शख़्स की गरदन पे है तलवार यहाँ
अजीब बात है फिर भी कोई फ़रियाद नहीं

ये सामईन की है बेबसी भी कैसी 'नयन'
तिरी ग़ज़ल पे तो देता कोई भी दाद नहीं

87

थक के दर्दो-ग़म चले जब सोने को
हो गईं बेचैन आँखें रोने को

ख़ूने-दिल रुसवाइयाँ फिर दर-ब-दर
और बाक़ी है मिरा क्या होने को

घर लुटा दौलत लुटी दिल लुट गया
बोलिए क्या पास है अब खोने को

साफ़ होकर और चमकूँगा अभी
अश्क तो ढेरों हैं ख़ुद को धोने को

पलकों पर अपनी बिठाये रक्खूँगा
हैं मिरे एहसास तुमको ढोने को

फिर ख़यालों की ज़मीं तैयार है
फिर वही उम्मीद लाया बोने को

चलते-चलते ही बिता दी ज़िन्दगी
थी कहाँ दो गज़ ज़मीं भी सोने को

88

आसमाँ का चमकता सितारा बनो
जुगनुओ बन सको तो शरारा बनो

गुलसिताँ को उमीदें हैं तुमसे बहुत
टहनियों पर उगो गुलहज़ारा बनो

मक़सदे-ज़िन्दगी को न भूलो कभी
बेसहारों का सच्चा सहारा बनो

जी लिये रह के चुप बदतरी में बहुत
अब ज़माना बदलने का ना'रा बनो

दौरे-ज़ुल्मत मिटाने की तहरीक में
रौशनी बाँटने का एदारा बनो

काम आयेंगे इक-दूसरे के बहुत
हम तुम्हारे बनें तुम हमारा बनो

गुफ़्तगू अब ज़बानों की मुश्किल हुई
अपनी बातों का बस इक इशारा बनो

लहू से तर-ब-तर हर लफ़्ज़ मेरा काम आयेगा
ग़ज़ल का ज़िक्र होगा तो मिरा भी नाम आयेगा

नहीं बदलेगा शायद ये ज़माना अपनी फ़ितरत को
महब्बत करने का फिर मेरे सर इल्ज़ाम आयेगा

89

रात के ओ हमसुख़न ओ हमसफ़र जाने तो दो
हो गयी पूरी ग़ज़ल अब हमको घर जाने तो दो

आँसुओं का क्या करोगे तुम सजाकर आँख में
ग़म के गौहर हैं ज़रा इनको बिखर जाने तो दो

हम फ़क़त सुनते रहे हैं तो न समझो बेज़बाँ
ख़ूब कहना जानते हैं हम मगर जाने तो दो

डूबने का खेल मेरा देख लेना शौक़ से
छोड़कर साहिल समुन्दर में उतर जाने तो दो

आइना हो तुम तो क्यों बेचैन होते हो जनाब
आ रहे हैं सामने हम सज-सँवर जाने तो दो

सोचकर कुछ चल पड़े हैं हम न पूछो क्यों कहाँ
राहे-उल्फ़त में हमें हद से गुज़र जाने तो दो

ज़िन्दगी ने हमको पहली बार देखा इस तरह
बस ज़रा जीने दो मुझको और मर जाने तो दो

90

भूल जाते हो मियाँ अब मत भुलाना रास्ता
मेरे घर जाता है जो कच्चा पुराना रास्ता

आप पत्थर हैं तो हम भी आबे-दरिया हैं जनाब
जानते हैं हम पहाड़ों में बनाना रास्ता

हम नहीं छोड़ेंगे तुमको मंज़िले-मक़्सूद तक
तुम हमें सौ बार चाहे आज़माना रास्ता

चाहते हो हर मुसाफ़िर की दुआ लेना अगर
बन के पत्थर मील का सबको बताना रास्ता

ज़िन्दगी तन्हा बहुत वीरान है अल्ला क़सम
हमसफ़र के साथ लगता है सुहाना रास्ता

अब तलक रक्खे सलामत जिसने पाँवों के निशान
सच कहो तो उसको ही दुनिया ने माना रास्ता

बेबसी की हर तरफ़ दीवार में घिरकर यहाँ
ढूँढ़ता है बन्द गलियों में ज़माना रास्ता

91

फिर वही सय्याद है वो गुलसिताँ है
फिर हुआ ज़ख़्मी हमारा आशियाँ है

रास्ता किस ओर है हम कैसे निकलें
हर तरफ़ बारूद-बम आतिशफ़शाँ है

ख़ून का दरिया बहाया काफ़िरों का
अम्न फिर भी अह्ले-मज़हब में कहाँ है

चल पड़े हैं पाँव पीछे रहबरों के
मंज़िलों की खोज करता कारवाँ है

झाँक लो अपने गरेबाँ में अगर तो
ढूँढ़ लोगे ग़लतियों का जो निशाँ है

लोग इस बस्ती के हैं ख़ुशहाल कैसे
जबकि हर इक शख़्स बहरा-बेज़बाँ है

एक-दो गर हों तो हम तरमीम कर दें
ये ग़ज़ल तो ख़ामियों का ही बयाँ है

कर रहा हूँ मैं हवाओं की सताइश
माँ क़सम अब रेत पर अपना मकाँ है

92

ग़मज़दा हूँ देख रुसवाई नज़ारों की क़सम
रात भर रोता रहा जगकर सितारों की क़सम

गोलियाँ वादी को छलनी कर रही हैं रोज़ क्यों
ढूँढ़ना होगा सबब तुमको चिनारों की क़सम

अब बदलना ही पड़ेगा सूरते-हालात को
चुप न बैठो साथियो उजड़े दयारों की क़सम

जा रहा हूँ छीनकर जन्नत से लाने रोटियाँ
भूख से लड़ते हुए इन बेसहारों की क़सम

चल पड़ा उस पार दरिया ग़र्क़ भी कर दे तो क्या
मैं नहीं लौटूँगा हरगिज़ अब किनारों की क़सम

आ गया हमको हुनर दुश्मन से लड़ने का जनाब
उसके यारों से ही यारी करके यारों की क़सम

ज़िन्दगी के मोरचे पर लड़ रहे जो जंग हम
देखना जीतेंगे इक दिन कामगारों की क़सम

93

कभी उदास कभी दिल ये बेक़रार लगे
बड़ा अजीब ये उल्फ़त का कारोबार लगे

न सिर्फ़ तुमसे मैं दुनिया से भी हो जाऊँ फ़ना
मिरा ये प्यार अगर तुमको नागवार लगे

हमारे दिल को परखकर ही कुछ कहो हमको
हमारा लाख ये किरदार गुनहगार लगे

सवाले-वस्ल पे तेरी ये ख़ामुशी तो मुझे
बुरा न माने तो कह दूँ तिरा ही प्यार लगे

लगाए तुझपे कोई तुहमतें हज़ार मगर
ख़ुदा क़सम तिरा किरदार शानदार लगे

क़दम जहाँ भी पड़े फूल खिल उठे हैं वहाँ
जहाँ-जहाँ भी रुके तू वहाँ बहार लगे

सुने तो दाद न दे कोई बस ख़मोश रहे
उसी ग़ज़ल का कोई शे'र तू तो यार लगे

94

तोड़ दो दोनों तरफ़ मंज़र दिखे उस पार का
काम क्या आँगन में है अब इस बड़ी दीवार का

क्या पता है फूल को इठला रहा जो डाल पर
उसके खिलने में लहू कितना लगा है ख़ार का

हीर-राँझा क़ैस-लैला तितलियाँ परवाने-गुल
तुम लगा सकते न अन्दाज़ा जुनूने-प्यार का

सबने कश्ती डूबते देखा किनारे पर मगर
नाख़ुदा ने जुर्म साबित कर दिया मँझधार का

राख बनने तक अता करनी है जिसको रौशनी
पूछते हैं क्या मुक़द्दर आप उस अंगार का

हादसों ख़बरों बयानों ने तो कर ली ख़ुदकुशी
क्या भरोसा कर रहे हो अब मियाँ अख़बार का

कोई कुछ बोला नहीं चुपचाप सुन सब चल दिये
माँ क़सम होता नहीं अब कुछ असर अश्आर का

95

मौत बनकर दबोच ले न उलटकर मुझको
मैं हूँ कश्ती में ढूँढ़ता है समुन्दर मुझको

तुम ही इक राज़दाँ नहीं हो मिरे दिल मेरा
जानता है जहाँ ये तुमसे भी बेह्तर मुझको

नींद आँखों में मेरी शोर मचा देती है
काट खाता है मख़मली मिरा बिस्तर मुझको

अब न मरहम तलाशिए न दुआ ही कीजै
मैं हूँ ज़ख़्मे-ज़माना चाहिए नश्तर मुझको

किसके आँसू हैं इतने सख़्त कि हर सू यारब
रोक लेते हैं बन के राह में पत्थर मुझको

ये ज़माना मिरे गुनाह पे जब चुप रहता
मारना पड़ता है किवाड़ पे तब सर मुझको

अब कहाँ कुछ भी मेरे पास है ग़ज़लों के सिवा
माँ क़सम कम नहीं ये भी है मय्यसर मुझको

96

इश्क़ होता तो मर गया होता
क्या कहूँ क्या न कर गया होता

साथ हर वक़्त मेरा साया था
वर्ना दुनिया से डर गया होता

इक इशारा तुम्हारा काफ़ी था
मैं हदों से गुज़र गया होता

चीख़ते रहते हैं दरो-दीवार
तू 'कभी मेरे घर गया होता

अश्क टपके नहीं तिरे वर्ना
ज़ख़्म मेरा ये भर गया होता

तू न मिलता तो क्या ये सोचा है
मैं कहाँ तू किधर गया होता

मैं बुरा हूँ ये तुम जो कह देते
माँ क़सम मैं सँवर गया होता

97

जो हमारे रक़ीब होते हैं
हम उन्हीं के क़रीब होते हैं

ख़ूब रोते हैं ख़ूब हँसते हैं
वो जो बिल्कुल ग़रीब होते हैं

ढूँढ़ते हैं पनाह अश्कों में
अह्ले दिल भी अजीब होते हैं

बेबसी पर ज़माने वालों की
रोने वाले अदीब होते हैं

दौलते दिल न सबको मिलती है
लोग कुछ बदनसीब होते हैं

जानते हैं अदायें जीने की
जो भी अह्ले सलीब होते हैं

करते रहते हैं सिर्फ़ तनक़ीदें
अस्ल में वो हबीब होते हैं

98

मिरी आँखों में तेरी पारसाई झूम जाती है
लिखूँ जो नाम तेरा रोशनाई झूम जाती है

नज़र नीची लबों में हो दबी सी मुस्कराहट तो
उसी मासूमियत पर रहनुमाई झूम जाती है

महब्बत के फ़साने में फ़क़त मिलना नहीं होता
दिलों के खेल में अक्सर जुदाई झूम जाती है

जुदाई में हमारी बेक़रारी जब भी बढ़ती है
ख़यालों में तिरी नाज़ुक कलाई झूम जाती है

दिलों की वादियाँ जब भी तराने छेड़ देती हैं
जुनूने-इश्क़ में पागल तराई झूम जाती है

जफ़ायें तेरी हरदम याद रहती हैं मुझे फिर भी
तबस्सुम देखकर तेरी वफ़ाई झूम जाती है

किसी की बेदिली से जब कभी दिल टूट जाता है
तो ऐसे में तुम्हारी आशनाई झूम जाती है

ग़ज़ल से जब किसी के प्यार की ख़ुशबू छलकती है
क़सम अल्लाह की सारी ख़ुदाई झूम जाती है

99

हिला के रख देती है कलेजा हवा का रुख़ टहनियों से पूछो
मगर महब्बत है क्या गुलों से लिपट गईं तितलियों से पूछो

ये स्याह ज़ुल्फ़ें लपेट लो तुम चलो अदा से मगर छुपाकर
लजा-लजा कर चली गईं क्यों उठी थीं जो बदलियों से पूछो

किसी ने तोड़ा है अपना वादा किसी ने तोड़ी है अपनी क़समें
हमें शिकायत नहीं मगर उस रक़ीब की फ़ब्तियों से पूछो

न अब्र काले घिरे हुए हैं न आज बादे-सबा चली है
हमारे दिल पर गिरी कहाँ से तुम अपनी इन बिजलियों से पूछो

नया ज़माना नये ख़यालों के दौर में भी ये कैसी बन्दिश
खुली फ़ज़ाओं की साँस है क्या डरी हुई लड़कियों से पूछो

न कोई नफ़रत न क़त्लोग़ारत न कोई मज़हब का शोर ही है
महब्बतों से भरी हैं कैसे जनाब इन बस्तियों से पूछो

न पूछो हमसे कि नींद कल शब न आई क्यों क्या है गुज़री हम पर
रक़म हुई कैसे दास्ताँ ये क़लम से या उँगलियों से पूछो

100

आग में जलती सियासत को हवा मत दीजिए
आदमीयत को बचाना है भुला मत दीजिए

हाथ में बारूद ले जो अम्न की करते हैं बात
कर यक़ीं उन पर कभी गुलशन जला मत दीजिए

ये सियासत-दाँ हैं जो कहते हैं सो करते नहीं
इनके हाथों में कभी ख़ुद को थमा मत दीजिए

वक़्त की जो मार से अपना तवाज़ुन खो चुका
आप ऐसे शख़्स को कोई सज़ा मत दीजिए

आदमी तो आदमी है ग़लतियाँ होंगी हज़ार
भूल-ग़लती पर किसी को बददुआ मत दीजिए

इश्क़ है ये इश्क़ में तो हार में ही जीत है
यार है जो आपका उसको हरा मत दीजिए

माँ क़सम यूँ आपकी बातों की क़ीमत कुछ नहीं
मुफ़्त में अपना किसी को मश्वरा मत दीजिए

101

सुर्ख़ अपने ख़ून से नीला गगन हो जायेगा
साथियो रुक जाओ ज़ख़्मी हर बदन हो जायेगा

शाख़ पर गुल का तबस्सुम तितलियों की है फ़ज़ा
छेड़ मत हरगिज़ इन्हें वीराँ चमन हो जायेगा

आपको मालूम होगी जब हक़ीक़त एक दिन
बुतपरस्ती छोड़कर मन बुतशिकन हो जायेगा

तुम गुज़र जाओगे सचमुच इनक़लाबी दौर से
अज़्म जिस दिन से तुम्हारा पैरहन हो जायेगा

तुम सियासत-दाँ को क्या पहचान पाओगे भला
सामने रहबर तो पीछे राहज़न हो जायेगा

एक ही धरती के सब इन्सान हैं मानोगे जब
शख़्स हर इक मुल्क का तब हमवतन हो जायेगा

शायरी में इस क़दर तू डूब-उतराने लगा
देखना अल्ला क़सम शफ़्फ़ाफ़ मन हो जायेगा

102

मुश्किलों के हुक्म की ये ज़िन्दगी तामील है
बाँस पर बुझती हुई जैसे टँगी कन्दील है

मुब्तला फ़िरक़ापरस्ती में हैं वो जिनके फ़क़त
वेद है इस हाथ में उस हाथ में इंजील है

ग़म के इस माहौल में आँसू बहाना छोड़कर
लिख रहा ग़म का सबब मेरा क़लम तफ़्सील है

सिर्फ़ कोशिश ही तमन्ना है मिरी उम्मीद भी
मेरा दावा है कि हर हसरत मिरी तकमील है

पूछते हो क्या ठिकाना राहतों की छाँव का
तुम फ़क़त चलते रहो मंज़िल हज़ारों मील है

माँ क़सम एहसास के रिश्ते सिमटते जा रहे
आदमी कैसे मशीनों में हुआ तब्दील है

तंज़ो-ताना सुन के भी अपनी ग़ज़ल कहता रहा
शायरी तेरी 'नयन' क्या मिल्कियत तहसील है

103

छुपायें सर कहाँ जाकर कोई छप्पर नहीं मिलता
मगर कहते नहीं बनता कि हमको घर नहीं मिलता

हज़ारों लोग कहने को तो अपने हैं यहाँ लेकिन
मुझे ढूँढ़े से भी कोई मिरा परवर नहीं मिलता

फ़क़त मिहनत से ही हासिल हुआ करती है ये दौलत
किसी से माँगने पर इल्म का गौहर नहीं मिलता

समझने में यही मुझसे हुई कितनी ग़लतफ़हमी
कि दुनिया में कोई इन्सान ही बह्तर नहीं मिलता

कहीं भी पत्थरों-घासों पे चादर तान देती है
करे क्या नींद बेचारी कि जब बिस्तर नहीं मिलता

अबस मिलते हैं कितने लोग राहों में मगर यारब
जिसे हम ढूँढ़ते रहते हैं वो अक्सर नहीं मिलता

महब्बत की क़सम हमने दिलों की ख़ाक छानी है
हमारे दिल से सचमुच दिल कोई बदतर नहीं मिलता

ज़रूरी हो गया है सोचना अल्ला क़सम इस पर
कि अब सच्चा कोई क्यों क़ौम का रहबर नहीं मिलता

104

क्या-क्या न हमपे गुज़रा यहाँ हादसात में
कहते थे कुछ न होगा दयारे-हयात में

आये हैं वो मगर ये मिरा दिल तो बुझ चुका
कैसे हो दीद उनकी अँधेरी सी रात में

हासिल का क्या कहूँ ये मिला ही नहीं कभी
लज़्ज़त बहुत मिली है मगर तेरी बात में

छोटे-से मुँह से बात बड़ी क्या कहूँ ख़ुदा
अब कुछ न रह गया है तिरी कायनात में

की किसने वारदात ये मालूम है हमें
हम भी गये थे भूल से तेरी बरात में

हैं और भी तुम्हारे तो हमराह हमसुख़न
करते हो क्यों हमें ही बयाँ वाक़ियात में

समझोगे आदमी को जो मुहरे तो माँ क़सम
होती रहेगी मात सियासी बिसात में

105

मैं पैदा हुआ क़र्ज़दारों में था
बड़ा होके बेरोज़गारों में था

मिरी माँ ने दम तोड़ा जब भूख से
मैं राशन की लम्बी क़तारों में था

नहीं जिनकी पहचान होती कोई
मैं ताज़िन्दगी उन सितारों में था

मिरी बदनसीबी को मत कोसना
मुक़द्दर मिरा बेक़रारों में था

न पूछो मैं ज़िन्दा रहा किस तरह
किसी अजनबी के सहारों में था

हो ख़ुशबू से रिश्ता मिरा क्यों नहीं
ख़ुदा की क़सम मैं तो ख़ारों में था

मैं मिलता कहाँ नामचीनों के बीच
मिरा नाम तो ख़ाकसारों में था

तू दरिया था जब तो मिला क्यों नहीं
समुन्दर तो अपने किनारों में था

कहाँ अब तुम्हारा है वो ख़्वाब जो
ज़माना बदलने के ना'रों में था

106

बेचैन हसरतें हुईं जनाब कई बार
देखे हैं हमने ख़्वाब में भी ख़्वाब कई बार

महफ़िल में हो सकी न मेरे दिल की फ़ज़ीहत
आँखों में आ के रुक गया था आब कई बार

ख़ुशियाँ तो कर सकीं न मेरे दिल को कभी ख़ुश
ग़म ने मगर किया है लाजवाब कई बार

अब तक न कुछ सुराग़ मेरे दिल का मिला है
यूँ तो किया है ख़ुद को बेनक़ाब कई बार

शुहरत के कुछ तक़ाज़े ऐसे थे कि न पूछो
करना पड़ा है ख़ुद को ही ख़राब कई बार

हम जानते हैं कैसे और लुत्फ़ बढ़ेगा
छोड़ी है फिर से पीने को शराब कई बार

हम माँ क़सम जहाँ थे आज भी हैं वहीं पर
सुनते हैं आ चुका है इनक़लाब कई बार

107

न हो उदास ये कहते हैं हरसिंगार के गुल
खिलेंगे देखना इक दिन तुम्हारे प्यार के गुल

फ़ज़ा में ज़ह्र है यारो उठो न चुप बैठो
बचा लो जैसे भी हो अपने-अपने यार के गुल

उठा के चूम लो या पाँव से कुचल डालो
बिछे हैं राह में चुपचाप ख़ाकसार के गुल

अजीब बात है मौसम का कुछ वजूद नहीं
ख़िज़ाँ का रंग लिये हैं यहाँ बहार के गुल

उदास ग़ुंचों को देखा तो खुल सकी न ज़बाँ
चमन से माँगने वाले थे हम उधार के गुल

लहू-लहू न कहीं दिल ही मेरा हो जाये
खिले हैं आज फ़क़त सुर्ख़ बेक़रार के गुल

तुम्हारी ज़ुल्फ़ की ख़ुशबू तुम्हारा लम्से-नज़र
सफ़र में साथ रहेंगे ये यादगार के गुल

108

तुम्हारा झूठ बहुत लाजवाब लगता है
किसी के सच से भी ये कामयाब लगता है

कभी वो ख़ुद को भी देखे कि क्या है कैसा है
ज़माना जिसकी नज़र में ख़राब लगता है

तुम्हारे साथ मिरी ज़िन्दगी गुज़रना अब
किसी ग़रीब की आँखों का ख़्वाब लगता है

न जद्दोजहद न मसला न कोई दर्दो-अलम
यहाँ पे ठहरना इक पल अज़ाब लगता है

नशा है प्यार का अल्ला क़सम कि जादू है
तुम्हारे हाथ का पानी शराब लगता है

ज़रा भी कमतरी कमबख़्त को पसन्द नहीं
हमारा दिल कोई बिगड़ा नवाब लगता है

तुम्हारा देर तलक हँस के चुप लगा जाना
मिरे सवाल का दिलकश जवाब लगता है

109

किस क़दर मजबूर हैं कुछ आदमी
ग़म-ख़ुशी से दूर हैं कुछ आदमी

बेबसी लाचारियों से जूझते
उम्र भर मज़दूर हैं कुछ आदमी

अपनी नाकामी पे ख़ुद जलते हुए
बन गये तन्दूर हैं कुछ आदमी

किसको पैरों से कुचलते चल रहे
क्या नशे में चूर हैं कुछ आदमी

जानते हैं वक़्त की मुट्ठी में हैं
फिर भी क्यों मग़रूर हैं कुछ आदमी

काम चल सकता नहीं कुछ के बग़ैर
यूँ किसे मंज़ूर हैं कुछ आदमी

अब तलक हैं बज रहे दिल में मिरे
माँ क़सम सन्तूर हैं कुछ आदमी

110

ये सन्नाटा तो टूटे चाहे जो अंजाम हो जाये
कोई ना'रा लगाओ शहर में कुहराम हो जाये

कहाँ कोई दवा कोई दुआ कुछ काम आती है
मिरा ये दर्द मेरी शख़्सियत के नाम हो जाये

मैं अपने अह्द का खोया हुआ कोई सितारा हूँ
चमक उट्ठूँगा जब सारी ज़मीं पर शाम हो जाये

नहीं शिकवा किसी से कुछ फ़क़त है आरज़ू इतनी
मिरा हर ज़ख़्म दुनिया के लिए पैग़ाम हो जाये

अभी इसको बनाने में मिरी हस्ती को मिटने दो
मुझे तब याद करना जब ये रस्ता आम हो जाये

करूँ मैं ख़ुदकुशी कैसे कि मजबूरी मिरी समझो
किसी के सर न मेरे क़त्ल का इल्ज़ाम हो जाये

बड़ी मुद्दत पे मेरे दर्दे-दिल को तो छुआ तुमने
चलो फिर इस बहाने एक दौरे-जाम हो जाये

111

क्या ज़माने थे हमें सब देखते थे प्यार से
हमको दुश्मन भी लगा करते थे अपने यार से

हर घड़ी कुछ कर गुज़रने की लगी रहती थी धुन
बातों-बातों में लड़ा देते थे सर दीवार से

शह्‌र के कुछ आलिमों में हम भी जाते थे गिने
यूँ तो सड़कों पर फिरा करते थे हम बेकार से

ज़िन्दगी की जंग के खुलते थे कितने मोरचे
हम भी लड़ते थे ग़ज़ल नग़मात के हथियार से

जीत का क़िस्सा हमारा मुख़्तसर में है यही
हम नहीं हारे हैं अपनी अब तलक की हार से

वुस्‌अतें चाहत की अपनी क्या बतायें माँ क़सम
दोस्ती गुल से की जितनी उतनी ही की ख़ार से

दिल का बिकना जान का सौदा नहीं होगा क़ुबूल
आख़िरत तक हम लड़ेंगे बेरहम बाज़ार से

✿✿✿